長編推理小説

十津川警部 十年目の真実

西村京太郎

祥伝社文庫

目次

第一章　ビデオテープ

1

インターホーンを、二度、三度と鳴らしたが、返事がない。

（困ったな）

郵便配達の井上《いのうえ》は、小さく舌打ちした。

この部屋の主へ届けるのは、書留の小包である。書留になっているから、郵便受に放り込んで帰るわけにはいかない。受領印が、必要なのだ。

仕方がない。不在通知を置いて、マンションを出た。

それにしても、今日は、全部、うまく配れたと思ったのに、最後で、引っかかってしまった。こんな時は、どうも、すっきりしない。ついていないなと思いながら、バイクのところまで戻り、改めて、小包を見た。

書留配達。表に、宛名と一緒に、「新作映画ビデオ在中」と、書かれている。

その文字を見ているうちに、ふっと、井上に、悪戯《いたずら》心が起きた。と、いうより、ずばり、悪心というべきかも知れない。

井上は、映画のビデオを集めている。その数は、五百本を超《こ》えている。廉価《れんか》版なら買えるが、封切りすぐの映画のものは、高くて、手が出ない。

そんな時は、人から借りてダビングした。ダビング出来ないようになっているものもあるのだが。

今、眼の前にある小包が、最新の映画のビデオなら、局に戻る前に、ダビングしてしまおうと、考えたのだ。

井上は、近くの自宅マンションに、寄ることにした。

ガムテープで、しっかりと、小包は封がしてあるが、井上の持っているガムテープも、全《まった》く同じものだった。これなら、何とかなるだろう。

ゆっくり、慎重に、ガムテープを剝《は》がし、封を開ける。

中から、ビデオテープが、一巻、出てきた。鮮やかなカラーが、眼に飛び込んできた。

〈TIME OUT〉

と、題名があった。

井上は、ニヤッとした。やはり、最新のアメリカ映画なのだ。丁度《ちょうど》、今、日本で、封切上映中のサスペンス映画である。

日本では、まだ、ビデオが売り出されてないから、アメリカ本土で、販売中のものだろう。

それでは、日本語訳はついていないだろうが、それでもいい。とにかく、ダビングすることにした。

二台のビデオデッキを使ってのダビングが、開始される。

井上は、ベッド兼用のソファに腰を下ろして、モニターのテレビ画面に眼をやった。

この映画には、井上の好きな俳優が、主人公として活躍しているし、彼の好きなロックバンドが、音楽を担当している筈《はず》だった。

だから、開幕から、激しいロックが聞こえてくるだろう。

ロックと共に、サスペンスフルな画面が広がっていく。最近は、そんなアメリカ映画が多いのだ。

だが、いっこうに、ロックは、聞こえて来ない。

ふいに、画面に、

〈九月二十日〉

という文字が、現われた。英語でなくて、漢字だった。

（何なんだ？　これは――）

井上は、あっけに取られてしまった。一瞬、古いビデオを入れてしまったのかと、あわてたが、そうではなかった。間違いなく、小包の中のビデオだった。

画面に、今度は、東京駅が現われた。

手持ちのビデオカメラで、撮《と》っているらしく、少し、ゆれながら、東京駅の構内に入って行く。

東海道山陽新幹線のホームに、あがっていく。

カメラが、ホームの標示板をとらえる。

〈一六時三五分発、岡山《おかやま》行　ひかり１２１号〉

一七番線には、すでに、その列車が入っている。カメラは、その列車を、なめるように撮っていく。のぞみ型の車体だ。

8号車のグリーンに入っていく。

すでに、乗客の何人かが、乗り込んでいる。

その8号車の6A6Bの座席のところで、カメラが止まり、しばらく、その番号を映《うつ》していく。

やがて、列車が動き出した。窓の外の景色が流れていく。列車の音が入る。

列車が、停車する。

窓の外のホームは、新横浜《しんよこはま》。なぜか、ここで、腕時計のクローズアップになり、デジタル時計が、

〈16：51〉

の数字を、示している。ひかり121号の新横浜着が、一六時五一分ということを、示そうとしているらしい。

列車は、新横浜を発車。

しばらく、流れる外の景色が続く。

それが、夕暮の景色に変わる。

また、列車が停まり、今度は、カメラは、ホームに降りる。

名古屋駅。そしてまた、腕時計のクローズアップ。

〈18：28〉

次は動き出す列車が映る。カメラは、ホームに残って、出発して行く、ひかり121号を映しているのだ。

その画面は、同じ名古屋駅の新幹線上りホームに変わる。

ホームの標示板を、カメラが、とらえる。

〈一八時五三分発　東京行　ひかり92号〉

その列車が、ホームに入って来る。カメラが、その、ひかり92号の自由席に乗り込む。

〈終了〉

と、文字が出て、画面は、暗くなった。

2

それでも、井上は、しばらく、再生と、ダビングを続けた。

これは、〈TIME OUT〉を、古いビデオに、重ねて、録画した、海賊版みたいなものではないかと、思ったからである。

しかし、いくら見ていても、テレビには、何も、映らなかった。

井上は、諦《あきら》めて、巻き戻し、そのビデオを、小包に戻し、丁寧《ていねい》に、ガムテープで封をした。

そのあとで、もう一度、宛名と、差出人の名前を見た。

宛名は、世田谷《せたがや》区太子堂《たいしどう》×丁目、ヴィラ太子堂305号室　白石透《しらいしとおる》様と、書かれている。

差出人の方は、大阪だった。

大阪市東淀川区《ひがしよどがわく》十三《じゆうそう》×丁目　コーポなにわ506号　三田《みた》商会。これが、差出人だった。

（なるほどな）

と、井上は、ひとりで、肯《うなず》いた。

彼の友だちで、アダルトビデオが大好きで、集めている男がいる。スポーツ新聞などに出ている広告を見て、申し込むのだが、たいていは、欺《だま》されてしまうのだ。例《たと》えば、若い女ばかりのレズ合戦とあったので、金を送ると、女子中学生の運動会のビデオが、送られて来たりという具合である。

この変てこなビデオも、その一つに違いない。

大阪には、アダルトビデオの業者が多いと、井上は、聞いたことがある。三田商会などという名前など、いかにも、インチキ臭いではないか。

（白石透という男も、可哀《かわい》そうに）

と、井上は、思ったりした。

翌日、井上は、戻ってきた不在通知の指定通りに、小包を届けた。

今日は、白石は、家にいた。渡すことが出来た。

ただ、白石という男が、三十五、六歳だったのは、意外だった。もっと若い男だと思っていたからである。

白石は、何の疑いも持たない顔で、受領印を押して、小包を受け取った。

それなり、井上は、この件を忘れてしまった。

ダビングしたビデオも、見直したりしなかった。東海道新幹線のビデオ、それも、列車だけを映したビデオを見ても、面白《おもしろ》くも、何ともなかったからである。

十日たった日の夜、仕事から自宅に帰り、テレビを見ていた井上は、一つの事件が、起きたことを知った。

新幹線で、殺人事件が、起きたというものだった。それも、座席に仕掛けられた爆弾で、中年の夫婦が、殺されたのである。

〈岡山行のひかりのグリーン車内で時限爆弾が、爆発！〉

と、テロップが出た。

消防隊員が、破壊されたグリーン車内を歩き廻っている姿が、テレビ画面に映し出された。

死体は、すでに、車外に運び出されてしまっていたが、問題の座席は、二つとも、完全に破壊され、天井にまで、穴があいていた。

(ひどいことをする奴がいたもんだ)

と、井上は、思った。

それ以上のことを考えず、冷蔵庫から、缶ビールを出して、飲み始めた。

テレビでは、アナウンサーが、同じニュースを、続けていた。

〈問題の列車は、一六時三五分東京発のひかり121号です。その8号車のグリーンの6A6Bの座席で、時限爆弾が、破裂したものです〉

それで、井上は、「おやっ」という気になった。

(一六時三五分発のひかり121号だって?)

(グリーン車の6A6Bだって?)

その列車のことや、6A6Bという数字を思い出したのだ。

（あのビデオだ！）

井上は、ビールを飲むのを止《や》めて、今度は真剣に、テレビ画面を見つめた。

〈岡山行のひかり121号が、名古屋を出た約十分後に、爆発したと考えられています。列車は、急停車し、救急車が、駆けつけましたが、小柳直記《こやなぎなおき》、玲子《れいこ》の夫妻は、即死でした〉

小柳夫婦の写真が、画面に出る。

井上の知らない顔だった。だが、アナウンサーの言葉は、井上に、更《さら》に、あのビデオのことを思い出させた。

〈小柳夫婦は、ひかり121号に、新横浜から乗っています。この列車の新横浜発は、一六時五三分です〉

否応《いやおう》なしに、腕時計のクローズアップが、井上の脳裏《のうり》に、浮かび上がってきた。

〈警察の推測では、犯人は、東京から新横浜までの間に、8号車の6A6Bの座席の下に、時限爆弾を仕掛けたと思われます。そして、名古屋駅で、列車から降りたものと思われます。ひかり121号の名古屋着は、一八時二八分です〉

また、腕時計のクローズアップだ。

井上は、あわてて、十一日前にダビングしたテープを、テレビで、見直すことにした。

〈九月二十日〉

の文字が最初に出てくる。

井上の顔が青ざめてくる。考えてみれば、今日が、九月二十日なのだ。

ダビングしながら見ていた時は、いつの九月二十日か、わからなかったから、その日付に、注意しなかったのだが、今は違う。

（これは、今日の殺人の予行練習だったのではないのか。いや、殺人の指令ではないのか？）

JRの切符は、一カ月前から、予約することが出来る。

今日、殺された二人は、十日以上前に、一六時三五分東京発の岡山行ひかり121号に、新横浜から乗る予約をした。

座席は、8号車（グリーン）の6A6B。

それを知って、十日前に、殺し屋が、指示を与えられた。それも、ビデオで具体的にである。

このビデオは、具体的に、殺しの方法を教えているのではないか。

標的の小柳夫婦は、新横浜から乗るから、東京から乗り、新横浜までの間に、6A6Bの座席に、時限爆弾を仕掛ける。

そして、名古屋で下車し、すぐ、上り列車で、東京に戻れ。その間に、時限爆弾は爆発し、小柳夫婦は死ぬ。

だからビデオの最後は、「終了」の文字になっているのではないのか。

井上は、小包を受け取った白石透という男の顔を思い出した。

三十五、六歳の、平凡な中年男に見えたのだが、その男が、時限爆弾を、ひかり121号に仕掛けたのだろうか？

井上は、自分の身体がふるえるのを感じた。何も知らずに、彼は、凶悪な殺人犯と向かい合っていたのだ。

（どうしたら、いいんだろう？）

警察に行かなくてはと、すぐ思った。とにかく、そうすべきなのだ。市民の義務といった意識より、このビデオテープを持っているのが、怖《こわ》くなったのである。

これを、ダビングして、持っていると犯人に知れたら、間違いなく、殺されてしまうだろう。

その恐怖が、井上に、一一〇番させた。

3

すぐ、二人の刑事が、やって来た。

十津川《とつがわ》という刑事と、亀井《かめい》という刑事の二人である。どちらも、四十代の中年刑事だった。

「とにかく、問題のビデオを見せて下さい」

と、亀井が、せっかちに、いった。

井上は、ビデオを取り出して、二人に、見せた。

「もう一度」

と、十津川がいい、二人の刑事は、二回、ビデオを見た。

「このビデオを受け取った人間は、覚えていますね？」

「ええ。この近くのマンションの白石という三十五、六歳の男です」

「一緒に、そのマンションに行ってくれますか？」

「行きますが、相手に会うのは、正直いって、怖いんです」

と、井上は正直に、いった。

「いいですよ。そのマンションの前まで案内して下さい。あとは、われわれがやります」

と、十津川は、いった。

警察の覆面パトカーで、ヴィラ太子堂の前まで行く。

十津川と亀井は、井上を、車の中に残して、マンションに入って行った。

一時間近く、井上は、車の中で待った。二人の刑事は、難しい顔で、戻って来た。

「どうでした？　会ったんですか？」

と、井上は、二人に、きいた。

「白石透という男に会って、話をしましたよ」

十津川が、眉を寄せたまま、いう。

「十日前に、小包を受け取ったことを、認めなかったんですか？」

「いや、あっさり受け取ったと認めましたよ」

「じゃあ、なぜ、逮捕しないんですか？」

「ただ、受け取ったのは、このビデオだというんです」

亀井が、一本のビデオを、井上に示した。

そのテープの背には、〈セックス・マシン〉と、カタカナで書いてあった。

「何です？　これは」

と、井上は、きいてみた。

十津川は、笑いながら、

「アメリカのアダルトビデオだよ。それを、ダビングしたものだ。大阪の三田商会というのは、それを、一本、三千円くらいで、通信販売で売っている会社だそうですね。白石は、もう、百本近く買っている。それも、見せて貰《もら》った。三田商会からは、一ヵ月に一回くらい、カタログが送られてきて、これも、先月、注文したものだそうだ。これが、そのカタログだ」

ペラペラのカタログを、見せてくれた。

〈大特価　一本3000円。四本で、10000円！〉

と、ビックリマークつきで、書いてあった。確かに、その中に、〈セックス・マシン〉もあって、「美女二人と、巨根男の3P合戦」と、説明してある。

「白石のいってることは、嘘《うそ》ですよ。小包の中にあったビデオは、これじゃない。今、上映されているアメリカ映画のTIME OUTのカバーだったんです。そして、中身は、ひかり121号だったんです」

井上は、大声で、いった。

が、十津川は、あくまで、冷静に、

「その証拠は？」

「そんなの簡単ですよ。僕は、あのビデオをダビングしたから、僕の指紋がついています。このセックス・マシンには、僕の指紋はついてない筈です。それで、わかるんじゃありませんか」

井上は、得意気《げ》に、鼻をうごめかせた。

しかし、十津川は、難しい顔で、

「駄目だな」

「なぜです？　はっきりしてるじゃありませんか」

「肝心《かんじん》の、君の指紋のついたテープがない」

「彼が、始末しちゃったんですよ」

「かも知れないが、証拠はないんだ」

「でも、僕は、小包を開けて、中身を見ているんです」

「いいかね」

と、亀井刑事が、口を挟《はさ》んだ。

「君は、法律に触れることをしてるんだ。他人の小包を無断で、開けて、中身をダビングまでしてるんだ。白石という男を逮捕する前に、われわれは、君を逮捕しなければならないんだ」

「僕は、警察に協力しようと思って――」

井上は、急に、元気を失《な》くしてしまった。十津川が、励《はげ》ますように、彼の肩を叩いて、

「君の協力には、感謝している。だが、君の指紋のついたテープが見つからなくては、証拠能力がないんだ。それに、不正な方法で手に入れた証拠は、法廷では、証拠としては、認められないんだ」

「じゃあ、僕のやったことは、無駄だったんですか？」

「そんなことはない。大いに、参考になったよ」

「しかし、僕は、法律違反を犯したわけでしょう？」

「白石透は、君が小包を開けたとは、死んでもいわないさ。だから、君の行為は、無かったことになるんだ」

「――――」

「ただ、君は、白石に、会っている。顔を見られている」

「ええ。危険なんですか？」

「白石は、うまく、弁明できたと思っているだろうから、君に危害を加えるようなバカな真似《まね》はしないと思っているがね。どうしても不安なら、刑事をガードにつけるが」

「白石に、僕のことをいったんですか？」

「そんなバカなことはしてないよ」

「それなら、大丈夫です」

と、井上は、いった。

井上は、急に、自分のしたことが、怖くなってきたのだ。

ひかり121号の事件を知ったときに、夢中で、一一〇番したのだが、落ち着いてくると、郵便配達としては、絶対にやってはいけないことをしたことが、わかってきたのだ。

これが、わかれば、間違いなく馘《くび》になるだろう。それだけでなく、下手《へた》をすると、刑務所行きになるのではないか。

（とにかく、ここは、おとなしくしていなければ――）

と、井上は、思った。

「大丈夫です」

と、井上は、繰り返していい、二人の刑事に帰って貰った。

翌日も、休まずに、出勤し、いつもの通りバイクでの配達に励んだ。

幸い、白石透宛の郵便物には、当たらないが、同じヴィラ太子堂へのものを、引き受けることになったりすると、いやでも、事件のこと、白石透という男のことを考えざるを得なかった。

新聞は、事件のことを、大きく伝えた。が、ビデオテープのことは、一行も載《の》らなかった。井上の名前も、白石透の名前もである。

ヴィラ太子堂への郵便物があると、井上は、つい、管理人に３０５号室の白石透について聞いてみた。

「どういう人なんですか？」

と、井上が、きくと、管理人は、困ったように、

「よくわからない人でねえ。奥さんも、子供もいないんだが、どんな仕事をしているか知らないんだ。とにかく、よく旅行しているよ。部屋代は、きちんと払ってくれているんで、文句はない」

「旅行ばっかりしているんですか」

「ああ。カメラを持って出かけている。いや、最近は、ビデオカメラかな」

「このマンションに来たのは、最近ですよね？」

「そう。今年の一月だよ。何か、あったのか？」

「いえ。何もありません。どんなことをしている人かなと、興味があったんです」

「とにかく、優雅な生活をしている人だよ。今、いったように、年中、旅行をしていて、それで、生活していけるんだから」

と、管理人は、笑った。

「関西の人じゃないかと思ったんですが、違いますか？」

「どうして？」

「関西弁みたいな感じだったから」

「いや、東京の生まれだと聞いてるよ。それに、関西弁とは思えないんだがねえ」

「そうですか。じゃあ、僕の思い違いでしょう」

井上は、あわてて、引き返すことにした。何しろ、相手は殺人犯なのだ。白石のことを、あれこれきいて、そのことが、管理人から、相手の耳に入ったら、大変だと思ったのである。

その夜、井上は、もう一度、ダビングしたテープを見直した。二人の刑事が、参考資料として、持ち帰ったのだが、一一〇番する前に、もう一本、ダビングしておいたのである。

改めて、見直すと、どう考えても、殺人指令に見えてくる。名古屋で、ひかり121号を降り、上りのひかりで、逃げることまで、指示しているのだ。

十津川警部は、これでは、白石という男を、逮捕できないというが、井上には、これで、十分だと、思えて、仕方がない。

九月二十日という、実行の日まで、決めているのだ。

だが、十津川警部にいわせると、殺された小柳夫婦の名前が書いてないし、殺せという具体的な指示もない。殺しの方法も出ていないという。

(ただの旅行案内といわれてしまえば、それで終わってしまうんですよ)

と、十津川警部は、いった。

バカじゃないかと、井上は、思う。

誰を殺せとか、爆弾を使って殺せとか、そんなことまで、ビデオテープに入れる奴はいないだろう。それこそ、犯人であることの決定的な証拠になってしまうからだ。

だから、殺す相手や、手段は、その前に、もう決めてあったに違いないと、井上は、思う。あと、殺す日時と、どういう場所でということだけを、ビデオテープで、知らせたのだ。そのくらいのことを、犯罪のプロの刑事が、わからないのだろうか。

ビデオを見終わると、今度は、大阪の三田商会のカタログに、眼をやった。

十津川警部が見せてくれた時、興味があって、FAXを使ってコピーを取っておいたのである。

なるほど、十津川警部が、いったように、カタログを見ると、アダルトビデオの通信販売をやっているように見える。

〈秋期大サービス〉

と、書かれ、三十本のアメリカや、ヨーロッパのビデオの宣伝が、載っている。

問題の〈セックス・マシン〉も、その中の一本で宣伝文には、こう書かれている。

〈画質Ａ　美女二人が、黒人男性と、組んずほぐれつの3P合戦を展開。ファン待望の3Pビデオ〉

他の二十九本のビデオの宣伝文句も、似たりよったりだった。

現金書留で。一週間以内に、送る。個人名希望の方は、その旨《むね》、書いて下さいと、あった。つまり、三田商会ではなく、個人の小包として、送るということなのだろう。

このカタログを見る限り、三田商会というのは、よくあるアダルトビデオの販売元にしか見えなかった。

だが、井上は、そうは思っていない。この三田商会が、白石透という男に、ビデオを送りつけ、殺人指令を与えたのだと、思っていた。劇画じみた発想とも、ファミコンゲーム的な考えだとも、自分で、わかっていた。

しかし、ひかり121号のビデオが、何でもない、ただの列車のビデオだとは、とても思えないのだ。

第一、アダルトビデオの販売元が、列車のビデオを、送りつけるということ自体、おかしいではないか。

井上は、怖さと、面白さを、半々に、感じていた。

とにかく、毎日が、退屈だった。毎日毎日、バイクに乗って、郵便物を、配達する。上司は、使命感を持てという。

理屈としては、自分の仕事が大事なことはわかるのだが、だからといって、決まりきったルーティンワークが、退屈でないことにはならないのだ。

その退屈さから、今、初めて、解放された思いがしていた。

怖い。が、その恐怖に、まだ、現実感を持っていなかった。

その逆に、犯人を見つけてやりたいという思いや、警察の鼻をあかしてやりたいという欲求が、高まってくる。

ただ、刑事でも、私立探偵でもないから、どうしたらいいか、その方法がわからなかった。

大阪へ行って、三田商会がどんな会社か見たいという気持ちが起きたが、それは、少し怖い。

そこで、まず三田商会に、アダルトビデオを、注文してみることにした。

井上という名前で、注文するのは、危険かも知れない。

十津川警部は、白石透に当たるとき、井上の名前はいわなかったと、いった。

だが、向こうは、小包の中身を見られたことには、気付いた筈である。当然、郵便配達を、疑っているに違いない。

そんな時、井上の本名で、注文するのは、よした方がいいのではないか。当然、こちらの住所を書かなければならないから、井上のことを調べ、この地区の郵便配達と知ったら、それこそ、危険な事態になるかも知れない。

次の日曜日に、井上は、高校時代の同窓で、今、新宿《しんじゅく》区四谷《よつや》で、両親のパン屋を手伝っている岡島《おかじま》に会った。

岡島は、前々から、アダルトビデオを集めている男である。

「おれも、面白いビデオを、二、三本欲しくなってね」

と、井上は、岡島にいい、例のカタログを見せた。

「この中のセックス・マシンというのを見たいんだ」

「それなら、現金書留で、注文すればいいだろう。昔は、金だけ受け取って、ビデオテープは送って来ないような業者もいたけど、最近は、たいてい、ちゃんと、送ってくるよ」

「それなんだが、おれは、郵便局に勤めているだろう。当然、集配局が送ってきて、それに、おれの名前があると、まずいんだよ。あいつは、アダルトビデオを、注文したと、わかってしまうからね」

「別に、恥ずかしがることもないいんじゃないか。二十歳《はたち》すぎれば、むしろ、こんなビデオを見たがるのが自然だよ」

「おれは、公務員だからな。やっぱり、まずいんだ。それで、君の名前で、そのビデオを注文してくれないか」

「それは、構《かま》わないが」

「大至急送れと、書いてくれないかな」

井上は、金を渡しながら、岡島に、いった。

岡島は、ニヤニヤ笑って、

「君も、アダルトビデオを、集め始めるんじゃないのか」

「とにかく、着いたら、電話してくれ。すぐ、取りに来る」

と、井上は、いった。

4

岡島からの電話は、なかなか、入らなかった。

一週間が、すぎた。

井上は、待ち切れなくなって、彼の方から、岡島に、電話で聞いてみた。

岡島は、電話の向こうで、クスクス笑って、

――ずいぶん、あせってるじゃないか。そんなに見たいんなら、おれが持ってる凄《すご》いやつを、何本か貸してやるよ。

「いや、おれは、セックス・マシンというのが、どうしても、見たいんだ」

と、井上は、いった。

問題のカタログには、三田商会の住所の他に、電話番号も、記載されている。

井上は、その番号に、かけてみることにした。

ベルが鳴っているが、なかなか、相手は出ない。

しばらくして、やっと、男の声が、出た。

――三田商会ですが。

と、いう。

「ビデオの注文をしたいのですが」

井上は、胸をどきどきさせながら、いった。

――あなたの住所と名前を教えて下さい。カタログを送りますよ。

「カタログは、もう持っています」

――それなら、現金書留で注文して下さい。一週間以内に、発送しますよ。

男の声は、事務的に、ひびく。

「セックス・マシンというのは、面白いですか？」

井上は、相手の反応を試したくて、聞いてみた。

一瞬の間があって、

――うちのものは、みんな面白いですよ。

「僕は、このセックス・マシンという題名が、気に入ったんです」

また、一瞬の沈黙。

――とにかく、現金書留で、注文して下されば、お送りします。

「じゃあ、注文します」

井上は、電話を切った。受話器を持っていた手が、汗ばんでいた。ずいぶん、緊張していたのだ。

（セックス・マシンのことを聞いたとき、相手の反応は、おかしかったな）

と、思った。

きっと、何かあるのだ。三田商会という会社には何かがある。

だが、ただの郵便配達の井上には、それ以上、どうしていいか、わからなかった。

白石透という男を見張るのも、怖いし、大阪へ行って、三田商会を調べるのも怖い。だが、どこかで、探偵気分を、楽しんでもいるのだ。

（とにかく、友人の岡島に頼んで、三田商会に、セックス・マシンを注文した。その反応を見てみたい）

と、井上は、思った。

二日後の十月五日、岡島の母親の文子《あやこ》から、郵便局にいる井上に、電話がかかった。

——多加志《たかし》が、何処《どこ》にいるか、知りませんか？

と、文子が、きく。

「彼が、どうかしたんですか？」

——昨日の午後から、帰って来てないんですよ。

「誰か、友だちのところへ行ってるんじゃないのかな？」

——そう思って、今朝から、ずっと、心当たりに電話してるんですけどねえ。あなたのところにも行っていないとなると、もう、探すところがなくて。

と、文子は、いった。

「ガールフレンドはいるんでしょう？」

——ええ。

「彼女のところへ行ってるんじゃありませんか？　彼女のところに、泊まることもあるんでしょう？」

――ええ。でも、その女《ひと》のところにも、電話してみたんですよ。でも、多加志は、来ていないっていわれたんです。

文子の声が、重く、沈んでいる。一人《ひとり》っ子だから、心配しているのだろう。

「二、三日したら、帰って来ますよ。もう、彼も二十三なんだから、家だって、あけますよ」

井上は、励ますようにいった。

その日の仕事を終えて、自宅マンションに帰ると、刑事が二人待っていた。いつかの十津川という警部と、亀井という刑事だった。

「僕の話は、何の役にも立たなかったんだから、もう用はない筈ですよ」

と、井上は、玄関で笑うと二人に、いった。

十津川が、苦笑した。

「今日は、別の用で、来たんです。とにかく、中で話しましょう」

と、いう。

井上はドアを開けて、二人を、部屋に入れた。

「何の用なんです？」

と、改めて、きく。

「今朝早く、若い男が、井《い》の頭《かしら》公園で、死体で、発見されましてね」

十津川が、井上に向かっていった。

「胸を二発、射《う》たれていた。殺人です。それで、被害者の身元を調べ、交友関係を調べていきました。それが、捜査の鉄則ですからね。そうすると、彼の交友関係の中に、井上さん、あなたの名前が、出て来たんですよ」

十津川の話を聞いているうちに、井上の顔が、青ざめていった。

「ひょっとして、殺された男というのは、岡島のことじゃないんですか？」

井上の声が、ふるえていた。

十津川は、肯いて、

「その通りです。岡島多加志、二十三歳です」

「なぜ、彼が、殺されたんですか？　誰が、彼を殺したんですか？」

「それも、捜査中ですが、あなたは、何か知ってるんじゃありませんか？　被害者の母親の話だと、最近、あなたが、会いに来たということでした。岡島多加志さんと、その時、どんな話をしたんですか？」

「あのことです」

と、井上は、いった。

「あのこと――？」

「ええ。例のビデオテープのことですよ」

「話しただけですか？」

「――」

「正直に、いって下さい」

「岡島に頼んで、大阪の三田商会に、アダルトビデオを、注文して貰ったんです。セックス・マシンというビデオテープをです」

「なぜ、そんなことをしたんですか？」

「なぜって、ただ、そのビデオが、欲しかったからですよ」

と、井上は、いった。

「それだけですか？」

「それだけですよ」

井上はむっとした顔でいった。あんたたちが、刑事らしいことをしなかったから、僕が、三田商会のことを調べようとしたんじゃないか。そう思ったが、口には出さなかった。

「それで、岡島さんは、三田商会に、注文したんですか？」

十津川が、きく。

「した筈ですよ。現金書留で注文してくれといって、彼に料金を渡したんだから」

「なぜ、自分で、注文しなかったんだ？」

亀井刑事が、咎《とが》めるように、きいた。

「アダルトビデオのことは、岡島が詳《くわ》しかったし、自分で集めていたから、彼に、頼んだんですよ」

井上は、怒ったように、いった。

「それだけですか？　他に、何か、ありませんか？」

十津川が、しつこく、きいた。

「それだけですよ」

「三田商会は、セックス・マシンを、岡島さん宛に、送って来たんですか？」

「僕が、送って来たかと聞いたときは、まだだと、いってましたよ」

「まだだったんですね」

十津川は、確認するようにいって、亀井刑事と一緒に、帰って行った。が、翌日、また、訪ねて来た。

「あれから、岡島さんの家へ行って、ご両親に断わって、彼の部屋を調べさせて貰ったんですがね。セックス・マシンというビデオテープは、ありませんでした」

「だから、いったでしょう。まだ、送って来てなかったと」

「しかし、もし、岡島さんが、注文していたら、もう届いていなければならないんでしょう？」

「ええ。一週間以上、たっていますからね」

「ただ、現金書留の控《ひかえ》も、見つからないんですよ」

と、十津川は、いう。

「彼は、几帳面《きちょうめん》に、そういうものを、とっておく人間じゃないから、送ったあと、捨ててしまったんだと思いますよ。彼が持っていなくても、郵便局で、わかるでしょう？」

「そう思って、岡島さんの家の近くの郵便局で、調べて貰ったんですが、記録はありませんでしたね」

「じゃあ、他の郵便局から、送ったんですよ」

「何処の郵便局からですか？」

「そんなことわかりませんよ。岡島は、よく、ドライブしてたから、たまたま、車で行った場所の郵便局から、送ったんじゃありませんか」

井上は、そう、いった。が、十津川は、亀井と、顔を見合わせて、

「探すのが、大変だな」

「大阪の三田商会は、どういってるんですか？　電話して、聞いてみたんですか？」

と、井上は、きいた。

十津川は、微笑して、

「もちろん、電話して、聞きましたよ」

「それで、三田商会は、どういってるんです？」

「調べたが、東京の岡島多加志という人から、注文は受けていないと、いわれましたよ」

「嘘をついてるんだ！」

思わず、井上は、叫んでいた。

「嘘をついているのかも知れませんが、現金書留の控がなければ、嘘だとは、いい切れないんですよ」

「三田商会というのは、白石透に、妙なビデオテープを送った会社ですよ。そして、そのビデオテープ通りに、ひかり121号のグリーンで、殺人が行なわれたんでしょう。そんな会社を、信用するなんて、おかしいじゃありませんか」

「別に、信用しているわけじゃありませんよ。だが、嘘をついているという証拠はないんです」

「また、証拠ですか？」

「そうです。証拠がなければ、警察は、動けないんです。三田商会や、白石透という男が、怪《あや》しいからといって、それだけで、逮捕したり、家宅捜索は、出来ないんですよ」

と、十津川は、いった。

（まだるっこしいな）

井上は、腹を立てたが、怒りの他に、怯《おび》えが、起きてきた。恐怖といってもいい。

「岡島は、三田商会に、殺されたんじゃありませんか？」

と、井上は、きいた。

「なぜ、そんな風に、思うんですか？」

十津川が、意地悪く、きいてきた。

「岡島は、僕の代わりに、三田商会に、セックス・マシンを、注文してくれたんです。そのために、殺されたんでしょう？　その上、三田商会は、嘘をついている。だから、三田商会が犯人だと考えるのは、当然じゃありませんか」

と、井上は、十津川を睨《にら》んだ。

「井上さん」

十津川が、急に、強い眼で、井上を見つめた。

「何ですか？」

「あなたは、友人の岡島さんに、三田商会に現金書留で、セックス・マシンを、注文してくれと、頼んだんですね」

「そうですよ」

「本当に、それだけですか？」

「他に、何があるというんですか？」

「どうも、他にも、あなたは、何かしたんじゃありませんか？　そうなら、正直に、話して下さい。これは、殺人事件なんですから」

「僕が何をしたというんですか？　大阪へ行って、三田商会のことを調べるような真似はしませんよ。疑うのなら、調べて下さい。僕は、大阪になんか、行っていない」

「大阪へ行かなくても、電話は、出来る」

亀井刑事が、口を挟んだ。

「何のことです？」

「君は、三田商会に、電話したんじゃないのか？」

亀井は、ズケズケと、きく。

「何のために、そんなことをするんですか？」

井上は、口をとがらせた。亀井は、ニヤッと笑って、

「君ぐらいの若者は、探偵ごっこをやりたがるものだからだよ。友だちの岡島さんに、三田商会への注文を頼んだのも、そのためだった。それなら、他にも、何かやってるに決まっている。下手くそな方法でだ」

「警察が、何もやらないからですよ」

「やはり、何かやったんですね」

十津川が、ぶぜんとした顔で、井上を見た。

「僕は、あなた方に非難されるようなことはしていませんよ」

「何をしたんですか？」

十津川が、重ねて、きいた。

「なぜ、そんなことを、警察に、いわなければならないんですか？」

「岡島さんが、なぜ、殺されたのか、その理由を知りたいからです」

「僕に関係があるというんですか？」

「少なくとも、あなたは、彼に、三田商会のアダルトビデオの注文を頼んだ。しかも、問

題のセックス・マシンをです」

「しかし、ビデオを注文しただけで、殺されるわけはないでしょう？　三田商会というのは、もともと、アダルトビデオを、売ってる会社なんだから」

「それだけならね。だが、あなたは、何か余計なことをやった。そうなんでしょう？　三田商会に電話しましたね？」

十津川が、決めつけるように、いう。

「カタログに、電話番号が書いてあったんですよ。それに電話したって、別に、おかしくはないでしょう？」

井上の眼も、険《けわ》しくなっていった。彼にすれば、売り言葉に買い言葉の感じなのだ。それに、親友が殺されたと聞かされて、ショックを受けているのに、なぜ、根掘り葉掘り、質問を浴びせてくるのかという腹立たしさが、重なっていく。

「三田商会に、電話したのは、間違いないんですね？」

十津川が、念を押す。くどい刑事だと、思いながら、

「しましたよ。それが、いけないんですか？」

「電話して、何を話したんだ？」

亀井が、きく。この刑事は、言葉使いが、荒っぽい。

「そんなのプライベートなことだから――」

「君は、まだ、よくわかっていないようだが、君の行動が、岡島多加志さんを死なせた可能性が強いんだ。下手をすると、君は、殺しの共犯になるかも知れないんだぞ」

「脅《おど》かさないで下さいよ」

井上の眼に、怯えの色が、浮かぶ。

「それが嫌なら、全部、話すんだ。三田商会に電話して、何を話したんだ？」

「たいしたことは、話していませんよ。カタログを持っているから、それに載っているビデオテープを注文したいと、いったんです」

「何のために？　君は、岡島多加志さんに頼んで、注文させているんだろう？」

「それが、一週間すぎても、送って来ないから、どうしたのかなと思って、ちょっと、相手の反応を見ただけですよ。友人が、注文しているなんて、一言《ひとこと》も、いっていませんよ」

「まさか、君は、カタログの中のセックス・マシンが、欲しいといったんじゃないでしょうね？」

十津川が、ずばりと、切り込んできた。井上が、思わず、答えに詰まっていると、十津川は、小さな溜息《ためいき》をついて、

「君は、特に、セックス・マシンのテープが、欲しいと、いったんですね？　正直に、い

って下さい」

「僕は、ただ、相手の反応を試したくて――」

「それで、相手の反応は、どうでした？」

と、十津川が、きく。

「一瞬、絶句したみたいですよ」

やや、得意になって、井上がいうと、十津川は、また、険しい眼になって、

「そんなことすれば、岡島さんが、殺されても、仕方がないな」

「待って下さいよ。僕が、まるで、岡島を死なせたみたいじゃありませんか？」

「その通りだろうが！」

亀井が、怒鳴《どな》った。

「わけを、いって下さいよ」

「新幹線ひかり121号の車内で、二人の人間が殺された」

と、十津川が、冷静な口調で、いった。

「そして、大阪の三田商会と、東京の白石透という男が、関係しているのではないかと考えられた。三田商会から送られたビデオテープで、殺人を指示したのではないかとね。それに対して、白石は、セックス・マシンというアダルトビデオを買っただけだと主張し

た。ところが、その直後に、東京の岡島多加志という男が、そのセックス・マシンを注文してきた。当然、三田商会は、警戒する。それに、追い討ちをかけるように、君が、電話で、同じセックス・マシンが、欲しいと、いった。疑惑が、増大する。岡島多加志という男は、何か魂胆《こんたん》があって、セックス・マシンを注文して来たに違いないと思った。そこで、連中は、岡島多加志を、捕らえて殺した。実は、死体には、何カ所か外傷があったんですよ。つまり、拷問《ごうもん》されたと思われるのです。連中は、岡島さんに、何のために、セックス・マシンを注文したのか、いえと、迫ったんでしょうね」

「僕は、岡島には、何も話していませんよ。三田商会が、殺人事件に関係しているらしいなんてことは、一言もです」

「だから？」

十津川が、冷たく、きく。

「だから、岡島は、事件のことも、あの妙なビデオテープのことも、何も知らなかったんですよ。ただ、僕の指示で、三田商会に、アダルトビデオのセックス・マシンを注文してくれただけなんです」

「何をいいたいんだ？」

亀井が、怖い眼で、井上を見た。

「だから、いってるでしょう。岡島は、事件のことは、何も知らなかったんです」

「それじゃあ、いくら、拷問されても、何も喋《しゃべ》らなかった。いや、喋れなかったわけだ」

「そうですよ」

「だから、殺されたのかも知れない。相手は、知らないとは思わず、抵抗していると思ってだ」

亀井は、腹立たしげに、いった。

「まるで、僕のせいで、殺されたみたいないい方じゃありませんか？」

「違うと、いい切れるのか？」

「――――」

「君が、友人の岡島多加志さんが殺される条件を作ったことだけは、間違いないんだ」

「それなら、僕にも、いいたいことがあります」

と、井上は、声を大きくした。

「何だね？　いってみたまえ」

十津川が、いう。

「刑事さんたちは、三田商会か、白石透という男が、岡島を殺したと、思っているんでしょう？　だから、僕を非難しているんだ。それなら、僕に文句をいう前に、なぜ、大阪へ行って、三田商会の連中を、捕まえないんですか？　東京の白石透を捕まえないんですか？　おかしいじゃありませんか」

「君には、前にもいったが、疑わしいだけでは、逮捕は、出来ないんだよ。その上、君の勝手な行動で、相手を用心深く、警戒心を持たせてしまった。それだけ、捜査が、やりにくくなってしまったんだよ」

「でも、岡島を殺したのは、三田商会か、白石透だと、思っているんでしょう？　他に、犯人がいると思っているんですか？」

「状況証拠は、君のいう通りだが、状況証拠が、いくらクロでも、どうしようもないんだよ。それを、わかってくれないと困る。三田商会は、あくまでも、アダルトビデオの販売会社だし、白石透は、あくまで、旅行好きの男にしか過ぎないんだ。それに、三田商会は、大阪にあるから、捜査は、大阪府警がやることになる」

「いらいらしてくるなあ」

と、井上は、遠慮なく、いった。

それに対して、亀井が、怒鳴るように、

「勝手なことをいうな！」

「そっちだって、勝手に、僕を非難してるじゃありませんか」

「脅すわけじゃないが、君だって、危険なんだよ」

十津川が、冷たい口調で、いった。

「どうしてですか？」

「犯人は、殺した岡島多加志のことを調べるだろうからだ。そして、友人の中に、君という郵便配達がいることを知る。白石透の小包が、見られてしまったのは、この郵便配達のせいかも知れないと、考える」

「脅すんですね」

「ただ、事実をいってるだけだ」

「僕は、どうしたら、いいんですか？」

井上は、青い顔で、きいた。親友の岡島が殺されたということが、少しずつ、実感となってきて、彼を怯えさせるのだ。

「何もしないことだ」

と、亀井が、いった。

「それで、大丈夫なんですか？」

「犯人は、やり過ぎたと思っている筈だ。だから、しばらくは、じっと、息をひそめていると思っている。だから君も、何もしないで、おとなしくしているんだ。君が、下手に動くと、こちらの捜査もやりにくくなる。何回もいうが、殺人事件なんだよ。君のような素人《しろうと》の手に負える事件じゃない。下手をすれば、また、君の友人が死んだようなことになる。わかったね？」

と、十津川は、いった。

「僕を守ってくれるんですか？」

「ああ、市民を守るのも、われわれの任務だ」

と、十津川は、いった。

第二章　三田《みた》商会

1

捜査本部が、設《もう》けられ、岡島多加志射殺事件を追うことになった。

ひかり車内で小柳夫婦が爆殺された事件では、警視庁は、あくまでもサブの位置にあったが、今回は、警視庁の主導で捜査できる。

十津川は、第一回の捜査会議の席で、小柳夫婦殺しとの関係を主張した。

「岡島多加志は、明らかに、ひかり車内の小柳夫婦殺しとの関係で、殺されたと思われます。岡島は、友人の井上にたのまれて、大阪の三田商会に探《さぐ》りを入れたために、殺されたのです」

十津川は、黒板に、最初の爆殺事件の関係者の名前を並べて、書いていった。

小柳夫婦
三田商会
白石　透
井上　匡《ただし》

「このうち、井上は本来、事件には無関係の筈《はず》だったのに、妙な悪戯心《いたずら》を起こしてくれたおかげで、他の三者の結びつきが、わかったわけです。もちろん、証拠はありませんが、私は、三田商会と白石透が、共謀して、小柳夫婦を殺したと思います。小柳夫婦について調査したことを、報告します」

十津川は、手帳を片手に、小柳夫婦について、説明していった。

「小柳直記・五十歳と、妻、玲子・四十三歳は、東京の品川《しながわ》区戸越銀座《とごしぎんざ》で、夫婦で、手打ちうどんの店『楽信《らくしん》』をやっていました。小さな店ですが、評判が良く、繁盛していました。一人娘の美由紀《みゆき》は、二十二歳で、横浜のサラリーマンのところに、嫁《とつ》いでいます。九月二十日に、夫婦が新横浜から新幹線に乗ったのは、この娘の嫁ぎ先で三日間を過ごしたあとだからです。前々から娘夫婦から遊びに来てくれるように誘われていたので、店を休み、三日間、遊びに行っていたわけです。娘夫婦のところで、三日間を過ごしたあと、小柳夫婦は、四国の琴平《ことひら》へ行くつもりで、岡山行のひかりに乗りました。われわれが調べたところでは、小柳夫婦は、十年前、四国から、上京して来ています。つまり夫婦は、何年かぶりに、故郷の琴平に、帰ろうとしていたわけです。ひかりで、岡山まで行き、岡山で乗りかえて、四国へ渡るつもりだったと思います。夫婦が持っていた切符は、岡山までのものでした」

「琴平には、小柳夫婦の関係者が、今でも住んでいるのかね？」

三上《みかみ》本部長が、きいた。

「それについて、香川《かがわ》県警から届いたＦＡＸがあります」

と、十津川はいい、それを読んだ。

〈ご照会の件につき、回答します。

小柳直記は、琴平町で、手打ちうどんの店「有楽《ゆうらく》」の長男として生まれています。家業は順調で、直記は、地元の高校を卒業し、一時、高松《たかまつ》で、サラリーマン生活を送っていましたが、三十三歳の時、父親が亡《な》くなったため、琴平に戻り、うどん店「有楽」を継《つ》いでいます。その後、妻子と共に、うどん店を続けていましたが、十年前、四十歳の時、その年の二月五日の未明、出火。この時、妻の玲子は、娘の美由紀と二人、前日から、道後《どうご》温泉に行って、留守でした。火は強風で燃え広がり、延焼し、七軒の家を全焼して、ようやく鎮火したのですが、小柳の店の焼跡から、二人の焼死体が、発見されて、大騒ぎになりました。

焼死体は、三十歳から五十歳までの男のもので、身元は遂《つい》にわかりませんでした。小柳は、全《まった》く心当たりがないと、主張しました。しかし、この二つの焼死体をめぐって、さまざまな噂《うわさ》が流れました。二人は、金に困っていて二月五日の未明に、泥棒に入り、マッチを使ったかして、それで、火災になったのではないかという話もあったし、逆に、小柳が、二人の男を殺して、放火したのだという噂もありました。

当時、「有楽」は、小柳の放漫経営がたたって、借金に苦しんでいました。それを解消するために、彼は、高額の火災保険をかけ、男二人に、金を出して放火を頼んだのではないかというのです。

確かに、その一ヵ月前、小柳は、高額の火災保険をかけ、また、前日に妻子を、わざわざ、道後温泉に行かせたのも、おかしいと、いい出す人々もいました。死んだ二人の男の身元がわからないことも、その疑惑に輪をかけました。

小柳が、何処《どこ》からか、ホームレスの男二人を連れて来て、放火を頼んだ。だが、二人は、放火したものの逃げおくれて焼死してしまった。そう考えられたのです。警察も、小柳直記について、一応の捜査を実施しました。

しかし、結局、焼死した二人の男について、何もわかりませんでした。指紋の照合もしたのですが、警察庁からは、該当者なしの返事で、身元はとうとうわからずじまいでしたし、小柳直記との接点も、不明でした。小柳は、高額の保険金を手に入れたのですが、こうした噂話に耐えられなかったのか、土地も売却して、東京へ引越してしまいました。現在、その土地には、喫茶店がありますが、オーナーは、小柳夫婦とは、関係のない人間です。

以上が、小柳夫婦について調べた結果であります。なお、十年たった今、小柳夫婦が、なぜ、琴平を訪ねる気になったのかわかりません。現在、琴平に、小柳夫婦の親族縁者は、住んでおりません〉

「これが、小柳夫婦に関わる、香川県警からの報告です。夫婦が今回、殺された件に、この報告の中にある十年前の火災が関係していることは、十分に考えられます」

と、十津川は、いった。

「どんな風に、考えられるのかね？」

三上本部長が、きく。

「焼死した二人の男の関係者が、復讐したという可能性が、まず、考えられます」

「すると、この二人の男は、小柳直記が殺したということになるのかね？」

「そうです。香川県警の報告書にもありましたが、小柳直記が、保険金目当てに、二人の男に、放火を頼み、二人が、逃げおくれて死んだというケースです」

「しかし、今でも、彼等《かれら》の身元は、割れていないのだろう？」

「それは、香川県警が、捜査をやめてしまっているからです」

「だが、十年もたって、復讐かね？」

「十年たって、小柳夫婦は、琴平に帰ろうとした。犯人は、実はそのチャンスを待っていたのかも知れません」

「他には、何か考えられないかね？」

「今は、考えつきません。明日、大阪へ行って、三田商会を見てみたいと思っています」

と、十津川は、いった。

2

翌日、十津川は、亀井と、新大阪行のひかりに乗った。

新大阪には、大阪府警の川口《かわぐち》という生活保安課の警部が、迎えに来てくれていた。

「まっすぐ、三田商会に行きますか?」

と、川口が、きく。

「その前に、どんな会社なのか教えてくれませんか? いきなり押しかけて、警戒されたくないのです」

と、十津川は、いった。

駅のコンコース内の喫茶店で、十津川と、亀井は、川口警部から、話を聞いた。

「十三の駅から歩いて十二、三分のところにある雑居ビルの五階にある店です。アダルトビデオの販売といっていますが、われわれは、裏ビデオとか、わいせつビデオといっております。ほとんどが通販で、外国物と日本物を、売っているんです。大阪には、この三田商会みたいな業者が、無数にあります」

「何人くらいで、やっているんですか?」

と、十津川は、きいた。

「社長一人と、社員三人です。社長は、ずっと同じですが、社員はよく変わります。まあ、アルバイトみたいな社員ですよ」

「社長は、何という名前で、どんな人間ですか?」

「名前は、脇田三郎《わきたさぶろう》といって、三十五歳の若い男です。自分では、大阪の国立大を卒業して、商社に勤めたが、ケンカして馘《くび》になり、今の仕事を始めた、インテリヤクザだと、いっています」

「インテリヤクザですか」

「確かに、その言葉が、ぴったりの人間ですよ。裏ビデオを扱いながら、哲学書なんか読んでいるんです」

「取締まりにあったこともあるんでしょう？」

十津川が、きくと、川口は、小さく首をすくめて、

「それが、なかなか、引っかからないんです」

「どうしてですか？　業者が、多過ぎるからですか？」

「確かに、三田商会は、裏ビデオを扱っているので、取締まりをしたことがあるんです。ところが、在庫のテープを調べてみると、肝心《かんじん》な部分に、モザイクがかかっているんです。そうなると、わいせつテープとは、いえませんからね」

「しかし、わいせつテープに、わざわざ、モザイクをかけたら、売れないんじゃありませんか？」

と、十津川が、いった。

「そうです。売れません。だから、通信販売で売るものには、モザイクは、かかっていないんです」

十津川が、白石透に見せられた〈セックス・マシン〉にもモザイクは、かかっていなかった。

「それなのに、いざ、取締まりに行くと、店に置いてあるテープには、全部、モザイクが、かかっているんですよ。どうも、取締まりの情報が洩《も》れているんだとしか、思えないのですよ」

「なぜ、洩れているのかは、わからないんですか？」

「わかりません」

「それで、今日は？」

「取締まりをやるつもりです」

「それなら、私たちも、大阪府警の一員として、一緒に連れて行って下さい。三田商会の脇田という社長の顔を、殺人事件に無関係に、一度、見てみたいんです」

と、十津川は、いった。

「殺人事件に関係なくというのは、どういうことですか？」

「相手に、警戒させたくないのですよ」

「わかりました。では、私と同じ、大阪府警の刑事ということで」

川口は、腰を上げた。

三人は、パトカーで、十三に向かった。

新大阪から、十三までは、二十分ぐらいしかかからない。

阪急《はんきゅう》十三駅近くに、パトカーをとめ、三人は車から降り、商店街に向かって歩いて行った。

ごちゃごちゃした町だった。十津川は、歩きながら、浅草《あさくさ》に似ているなと思った。狭くて、洗練されていない。だが、何となく楽しそうに見える町である。

七階建の雑居ビルに、「三田商会」の看板が、五階のあたりに出ていた。

小さなエレベーターで、五階にあがる。

ガラスドアに、金文字で、三田商会と書かれていた。

中に入ると、川口が、警察手帳を見せ、

「社長さんいるかい？」

と、そこにいた社員に声をかけた。

脇田社長が出て来た。彼に向かって川口が、

「わいせつテープ販売の容疑で、調べるよ」

と、いった。

その間、十津川は、じっと脇田の顔を見つめた。

三十五歳だというが顔色が悪く、五、六歳、老《ふ》けて見えた。

ただ、眼が鋭い。なるほど、インテリヤクザかと、十津川は内心、苦笑した。

十津川と亀井も、手伝って、在庫のテープを、片端から、ビデオデッキにかけていった。

なるほど、どのテープも、肝心なところに、モザイクがかかっていた。これでは、わいせつテープとは、いえないだろう。

「どういう気なんだ？」

と、川口が、腹立たしげに、脇田にいった。

「何がですか？」

脇田が、とぼけた顔で、きき返す。

「モザイクだよ。これじゃあ、買う人間なんかいないだろう？」

「いや、買ってくれる人もいます。だから、商売になっているんです」

脇田は、ニコリともしないで、いう。冷静な男なのだろう。それとも、冷たいといった方が、いいのか。

「社長さんは、独身かい？」

と、川口が、きいた。

「そうです」

「なぜ？　いい男だし、女にもてるんだろう？」

「もてませんよ」

「いや、もてると思う。独身主義じゃないんだろう？」

「そんなことはありません。結婚するのが、面倒くさいんでね」

「生まれは、何処？」

と、十津川が、きいた。ひょっとして、小柳夫婦の生まれ育った四国の琴平ではないかと、思ったのだ。

「岸和田《きしわだ》の生まれです」

脇田が、いった。相変わらず、ニコリともしない。

「じゃあ、そこに、家族や親戚がいるんだ？」

「いや、いません。僕は、天涯孤独だから」

「そりゃあ寂しいね」

「そうでもありません。さっぱりしてて、いいです」

「東京に行ったことは？」

「学生時代に、何回か行ってますが、最近は、行っていません」

十本近くテープを見て、眼が疲れてしまった。全《すべ》てのテープに、モザイクが、かかっていた。ダビングしながら、モザイクをかけているのか。

三人は、三田商会を出た。これでは、ワイセツ容疑で、脇田を逮捕は出来ない。

パトカーに戻ってから、川口が、

「どうでした？」

と、十津川に、きいた。

「面白《おもしろ》い男です。普通なら、なぜ、そんなことをきくのかと、きき返すと思うのに、あの男は、一回も、きき返さなかった。なぜなんだろうと、考えてしまいましたよ」

「なるほど。それには、気付きませんでした」

「彼は、私が、東京の刑事だと気付いたと思います。関西弁が、使えませんからね。それなのに、彼は、全く表情を変えませんでした。最後まで、冷静でしたよ。よほど、抑制力がある男らしいと感じました」

「ベタ褒《ぼ》めですね」

「いや、褒めてるわけじゃありません。手強《てごわ》い相手だと、思っただけです」

と、十津川はいった。

彼は、更《さら》に詳《くわ》しく、脇田三郎という男について、調べてくれるように頼んだ。

それが、わかった時点で、次は、正々堂々と、彼に会ってみようと、思ったのである。

亀井を、帰京させて、白石透について、調べておくように、指示し、十津川自身は、大阪に、一泊することにした。

一泊して、翌日、府警に顔を出すと、川口警部が待ち構えていた。

「あれから、脇田と、三田商会について、わかったことがいくつかあります」

「ぜひ、それを話して下さい」

「三田商会が、あそこで仕事を始めたのは、五年前からですが、社長の脇田は、十年前頃、大阪の天王寺《てんのうじ》で、仲間二人と、三人で、小さな会社をやっていたことがわかりました。三星《みつぼし》商事という、中古品を専門に扱う会社でしたが、上手《うま》くいかず、借金を残したまま、三人は、行方《ゆくえ》不明になってしまいました。その後の三人の消息はわからないのですが、脇田は、五年前に、十三に現われて、あの三田商会を始めたわけです」

「それで、三の字がついているわけですか」

「そうです。天王寺で、十年前に商売を始めた時の、三星商事という名前も、そのせいで、つけたものだと思われます」

「その三人の名前はわかりますか？」

「これが、名前です」

と、川口が、リストを見せてくれた。

脇田三郎　当時二十五歳
仁村健治《にむらけんじ》　当時三十一歳
森《もり》　恒彦《つねひこ》　当時二十九歳

「この中の仁村と森は、行方不明のままです」

（白石という人間はいなかったのだ）

そのことに、十津川は少し失望した。もし、白石という名前があれば、東京の白石透に、結びつくと、思ったのだ。

「その二人の経歴は、わかりますか？」

「それが何しろ、十年前に、行方不明になった二人ですからね。追跡調査をするのが、大変なんです」

「脇田は、昔の同僚のことを、よく知っているんじゃありませんか？」

「それが、よく知らないといってるんです。十年前に、たまたま、一杯呑《の》み屋で一緒になった三人で、金を出し合って仕事を始めた。お互いの過去を、詮索《せんさく》しないということで。だから、何も知らないというのですよ。その時は、脇田は、嘘をいっているのかも知れませんが、嘘だと決めつけるわけにもいきません。今のところ、何かの事件の容疑者というわけでもないので」

「では、二人について、わかったことだけでも、話して下さい」

「なぜ、拘《こだ》わるんですか？」

「ひかりのグリーン車で、東京に住む中年の夫婦が殺されました」

「その事件は、知っています」

「小柳という夫婦なんですが、十年前に、四国の琴平から、上京しています。香川県警の調べだと、十年前まで、小柳夫婦は、琴平で、手打ちうどんの店をやっていたが、十年前の二月に、火事で全焼してしまいました。問題は、その焼跡から、身元不明の男二人の焼死体が、発見されたことです。この二人の身元は、いまだに、わかっていません。その直後に、小柳夫婦は多額の火災保険を手にして上京し、東京で、同じような手打ちうどんの店を始めて、十年たったわけです。香川県警の話では、小柳夫婦は、保険金欲しさに、二人の男に、放火を頼んだのではないか。二人の男は、それに失敗して、自分たちも焼死してしまったのではないか。そんな噂もあったということです」

「その二人が、こちらの仁村と、森の二人ではないかということですか？」

川口は、半信半疑の表情だった。

「私は、それを知りたいのです。それで、この二人について、何かわかればと思うんですが」

と、十津川は、いった。

川口は、メモを手に取った。

「今もいったように、たいしたことはわかっていません。仁村健治は、島根《しまね》県の農家の生まれで、大阪で、さまざまな仕事につき、常に、上手くいかなかったといわれています。もう一人の森恒彦は、高松出身で、高校を卒業後、上京し、東京で働いていましたが、仁村と同じように、仕事を転々と変え、いつか、大阪にやって来た。この三人が十年前、天王寺の呑み屋で会って、三星商事を始めたわけです。しかし、すぐ、行き詰まり、借金だけを残して、姿を消した。夜逃げをしたわけです。その中の一人、脇田は、五年前、十三で、今の三田商会を始めたということです。他の二人は、わかりません。だから、十津川さんのいうように、この二人が、琴平の火事で、焼死した二人と、同一人という可能性が、ないわけじゃありません」

「三人が、天王寺で、失敗して、姿を消した時の正確な日付を、知りたいですね」

と、十津川は、いった。

「天王寺署に、聞いてみましょう。何しろ、十年前のことだと、刑事事件でもないので、記録があるかどうかも、わかりませんが」

川口は、あまり自信のない調子でいい、すぐ、天王寺署に、電話をかけた。

向こうも、十年前の民事の事件となると、聞き込みに頼らざるを得ないだろう。結局、十津川の予想どおりになった。

天王寺署が、聞き込みをしている間、十津川は、待つことになった。

午後二時になって、天王寺署からの回答が、川口警部の手元に届き、それを、十津川も、見ることが、出来た。

〈三星商事が、天王寺で、商売を始めたのは、十一年前の十月六日とわかりました。脇田三郎、仁村健治、森恒彦、三人の共同経営で中古品の売買を始めたのです。今でいえば、リサイクルショップというところでしょう。彼等が、どうやって、資金を作ったかは、不明です。わかっているのは、年末には、経営が苦しくなり、年が明けてからも、借金が増えるばかりで、一月末に破産し、借金を残したまま、蒸発した。つまり、夜逃げをしています。借金の額は、五百万とも、一千万ともいわれますが、正確なことは、わかりません。その後、脇田が、十三で、アダルトビデオの店を始めたのはわかっていますが、あとの二人のその後については、全くわかっておりません。二人の写真も、手に入りません。当時の三星商事のことを知っているという人間も、数は少なく、その人たちの話によると、仁村健治は、小太りで、森恒彦の方は、痩《や》せていて、背が高く、眼つきが鋭かったそうです。今までに、わかったことは、それだけです〉

十津川は、そのFAXを、二回読み返した。

一番興味を持ったのは、もちろん、三星商事が潰《つぶ》れ、三人が姿を消した年月日である。

報告によれば、十年前の一月末日には、三星商事は、借金を残したまま潰れ、三人は、行方をくらましたとある。

そのあと、仁村と森の二人が、四国に行き、琴平で、二月五日に、焼死したとして、時間的には、不都合はない。

森は、四国高松の生まれである。その森に誘われて、仁村も、彼について、何とか生活を建て直そうとして、四国に渡ったということは、考えられないことはなかった。

高松で、小柳直記に会ったのか、琴平で会ったのかわからないが、二人は、小柳から、保険金目当ての放火を頼まれる。

金に困っていた二人は、それを引き受け、小柳の店に放火した。が、逃げおくれて、焼死してしまった。これは、あくまで、十津川の想像であって、証拠は何もない。

だが、十津川は、もう一度、三田商会を訪ね、今度は、ひとりで、脇田に会うことにした。

夕方近く、十津川は、再度、十三の雑居ビルに行き、自分の警察手帳を見せて、脇田に面会した。

「警視庁捜査一課の十津川です」

と、彼は、脇田を真《ま》っすぐ見つめた。

今度も、脇田は、落ち着いていた。

「僕に、何の用ですか？」

と、きく。

「私は、今、二つの殺人事件を追っています。今年の九月二十日、ひかり１２１号のグリーン車内で、小柳という中年の夫婦が、殺された事件と、十月五日、東京で、二十三歳の岡島多加志という青年が殺された事件です。小柳夫婦の方は、座席の下に仕掛けられた爆薬によって殺され、岡島多加志の方は、射殺です」

十津川は、話しながら、相手の表情を、じっと、見すえていた。

だが、脇田は、無表情に、

「それで、僕に、何の用ですか？」

「小柳夫婦の方ですが、今から、十年前まで琴平で、手打ちうどんの店をやっていたのですが、十年前の二月五日に、火事で、店が全焼しました。その時多額の火災保険を手にし、妻子を連れて上京して、東京で同じ手打ちうどんの店を始めたわけです。その火事の時ですが、焼跡から、身元不明の男二人の焼死体が、発見されたのです。この二人の身元は、今になっても、わかりません」

「――」

「あなたは、十年前、正確にいえば、その前年の十月に、仁村さんと森さんの二人と一緒に、天王寺で中古品の店を始めていますね」

「ええ。しかし、見事に失敗しました」

脇田は、たんたんと喋《しゃべ》る。

「仁村さん、森さんの二人は、今、何処にいるんですか？」

「わかりません」

「本当にわからないのですか？」

「ええ。十年前、商売に失敗して、逃げ出したんですが、その後、二人には、会っていないんですよ」

「電話や、手紙の連絡もなかったんですか？」

「ええ」

「では、二人は、死んだと考えていいんじゃありませんか？」

「死んだ――？」

「そうです。琴平のうどん屋の火事で、焼跡から発見された身元不明の男二人の焼死体は、仁村さん、森さんとは、考えられませんか？」

「そうなんですか？」

「あなたに聞いているんですよ」

「僕には、わかりませんよ。二人のことは、全くわからなかったんですから」

「では、次に行きましょう。東京で射殺された、岡島多加志という男のことです。彼は、現金書留で、三田商会に、セックス・マシンを注文していたんです」

「ああ、それについては、聞かれましたが、うちに残っている注文伝票には、岡島多加志さんという名前は、ありませんでしたが」

「本当に？」

「本当ですよ」

「おかしいね」

「何がですか?」

「岡島多加志の自宅の机の引出しに、現金書留の控《ひかえ》があったんですよ。半券といったらいいのか。それを見ると、注文しているんですがね」

十津川が、嘘《うそ》をつくと、なぜか、脇田は、ニヤッとして、

「刑事さん、嘘をいっちゃいけませんね」

「なぜ、嘘だというんですか?」

「だって、うちは、岡島という人から、注文は、受けていないんだから」

と、脇田はいった。

(おかしいな)

と、十津川は、思った。

岡島が、何処の郵便局から、現金書留を出したかわからないので、証拠がつかめない。

だが、送ったことは、ほぼ、間違いない。

郵便局でくれる控があれば、送った郵便局がわかるのだ。

それなのに、なぜ、この男は、自信満々に、十津川を嘘つきと、決めつけるのか?

（岡島多加志を殺した時、現金書留の控を、手に入れたのだ。だから、自信満々なのだ）

と、十津川は、考えた。

多分、犯人は、岡島に、テープを渡すので、現金書留の控を持って来いといって、誘い出し、射殺したのだろう。

ただ、その犯人が、眼の前にいる脇田とは、断定できない。東京に住む白石透の可能性の方が、高いのだ。

「なるほどね」

今度は、十津川の方が、微笑した。

「何が、なるほどなんですか？」

脇田が、きく。

（面白いな）

十津川は、ふと、思った。

相手が、自信ありげに笑うと、こっちが、不安に襲われる。逆に、こちらが、笑うと、向こうが、不安気《げ》な表情になる。まるで、シーソーだなと、思ったのだ。

「あなたが、ぬかりのない人だなと、思ったからですよ」

と、十津川は、いった。

「俺は、何もしていない。だから平気でいられるだけのことですよ」

そんな言葉も、ぬかりなく聞こえる。揚《あ》げ足を取られないように考えながら、話しているのだろう。

「若い時、苦労したんでしょうね。もちろん今でも、お若いが」

「苦労はしましたが、警察の厄介《やっかい》になったことは、ありませんよ。大阪府警には、わいせつビデオを販売しているんじゃないかと、マークされていますが、あなたも見られたように、ちゃんとしたテープを売っています」

「見ましたよ。しかし、無修正のテープも見ています。東京で、白石透という名前の人のところでね」

「本当ですか？　うちでは、全て、モザイクを入れて、販売しているんですが、たまたま、入れ忘れたんでしょう。そのお客には、申しわけないことをしました」

「大阪府警は、手入れを前もって、知っているんじゃないかと疑っていますがね」

「まるで、警察に、俺のところへ通報している人がいるみたいないい方ですね」

「違うんですか？」

「それは、僕より、大阪府警に聞かれた方がいいんじゃありませんか？　もし、いたとしても、それは、大阪府警の恥になることだから、決して、正直には、いわないでしょうがね」

　また、脇田は、笑った。

（府警の中に、協力者がいるのだろうか？）

　十津川も、疑心暗鬼になってきた。

　この男には、不思議な魅力がある。それは、認めざるを得なかった。だから、協力者の存在も、無視できないのだが。

「あなたは、何を考えているんです」

　と、十津川は、きいてみた。

「何も、考えていませんよ。うちの商売なんか、些細《ささい》なものです。何とか、警察には、睨《にら》まれず、これからも、続けていければいいと思っているだけですよ」

「新しい殺人を計画しているんじゃありませんか？」

「バカバカしい。第一、僕は、誰も殺してなんかいないんです」

　脇田は、笑わずにいった。

3

小柳夫婦が、殺されてから、半月余りが、たった。

もちろん、十津川は、とっくに、東京の捜査本部に、帰っていた。

この間に、さまざまな捜査が、行なわれた。

香川県警では、十津川たちの要請をうけて、十年前に焼死した身元不明の男二人について、再捜査が行なわれた。

この二人が、仁村健治と、森恒彦の二人ではないかという捜査である。

捜査は最初から、難航した。

理由の第一は、二人の焼死体は、身元不明のまま、十年前に、荼毘《だび》にふされてしまっていることだった。検証しようにも、すでに、死体は存在しないのだ。

第二は、仁村健治と、森恒彦の二人についても、情報が少ないことだった。経歴が、はっきりしていないし、写真も見つからないのである。脇田三郎が、協力してくれれば、もっと、スムーズにいくのだろうが、脇田は、徹底して、非協力だった。その理由は、「あの二人は、まだ、何処かに、生きている筈だし、俺も、よく知らない」というものだった。

二人の焼死体について、県警に記録は、残っていた。

ただ、黒焦《こ》げになった死体だったので、肝心の顔の特徴は、書かれていない。

A（三〇〜五〇歳）

身長一六〇センチ、体重六二キロ。血液型A。

数年以内に、虫垂炎の手術を行なった形跡。

左奥歯三本欠落。ブリッジして、入れ歯。

B（三〇〜五〇歳）

身長一七八センチ、体重六〇キロ。血液型AB。

左腕のひじに手術痕《こん》（軟骨除去と思われる）。

歯に治療の痕《あと》はなく、全体に丈夫だったと考えられる。

推定年齢は、幅《はば》があるから、問題はないだろう。

身長などから、Aは、小太りの体型から仁村健治、Bは、森恒彦と、想像されるのだが、それは、ただ、体型が、似ているだけのことである。

仁村と森の、血液型や、病歴などがわかれば、比較できるのだが、今の状況では、その資料がなかった。脇田も、知らないという。

「とにかく、天王寺の呑み屋で、意気投合して、商売を始めただけだし、四カ月で、店が潰れて、別れてしまいましたからね。二人のことは、ほとんど、何も知らないんです。お互いに、過去は詮索しないということで、商売を始めたいきさつもありますから」

脇田は、そんな風に、いって、警察の質問に、答えようとしなかった。

別れた二人、仁村健治と、森恒彦について、全く、何も知らないなどということは、考えにくいのだが、それに反駁《はんばく》するだけのものを持っていない以上、脇田に向かって、本当は、何か知っているだろうと、突っ込めないのだ。

東京の白石透についての捜査も、はかばかしくなかった。

白石の経歴もあいまいなら、どこから収入を得ているのかも、はっきりしないのである。それでも、生きていけるのが、現代社会のあいまいさなのだろう。

その日、十月十二日は、朝方に雨が降り、昼になって、やんだ。

四谷三丁目のヴィラ四谷の最上階の701号室で、新宿歌舞伎《かぶき》町のクラブ「ムーンライト」のママ、ひろみは、昼過ぎに、ようやく、ベッドで眼をさました。

いつもと、同じ時間である。

裸になり、バスルームで、熱いシャワーを浴びる。それも、いつもと同じだ。

タオルで、ぬれた身体を拭き、バスローブを羽《は》おって、冷蔵庫をあける。

牛乳とバターを取り出して、牛乳を一口のんだあと、食パンを二切れ、トースターに放り込む。いつも、朝食兼昼食は、トースト二切れと、牛乳と、決めていた。

三十八歳。太るのが、気になっている。

焼けたパンに、バターをぬる。それを、一口食べたとき、電話が鳴った。

放っておいて、食事を続けたが、電話は、鳴りやまない。

ひろみは、軽く舌打ちをして立ち上がり、ベッド脇の丸テーブルに置かれた電話に近寄った。

右手を伸ばして、受話器を取った。

その瞬間、凄《すさ》まじい爆発音と、激しい衝撃が、ひろみの身体を、襲った。

彼女の身体は、三メートル近く、はじき飛ばされ、そのまま、動かなくなった。そのあとに、壁や、天井の破片が、降りそそいだ。

血が、ゆっくりと、彼女の顔から、吹き出してきた。粉々《こなごな》になった電話機の破片が、彼女の顔に、突き刺さっていた。

十津川が、この事件の捜査に当たることになったのは、使用された爆薬が、ひかり12号の小柳夫婦殺しに使われたものと同じ、プラスチック爆弾と考えられたからだった。

鑑識が、破壊された部屋の様子を写真に撮《と》っている間、十津川は、亀井と、床に倒れている死体を調べていた。

検死官が、十津川に向かって、

「直接の死因は、多分、爆発による胸部圧迫だと思う。出血は、電話機の破片によるものだ」

「窓ガラスが、全部、割れている。すごい爆発力だ」

と、十津川は、いった。

「だから、即死だったと思うね。内臓が、押し潰されているだろう」

鑑識が帰り、死体が運ばれたあと、十津川たちは、改めて、部屋の中を調べることにした。

死体が、この部屋の住人で、坂本《さかもと》ひろみということは、わかっていた。クラブのママだということもである。

管理人の話によれば、毎日、午前一時頃に、帰宅するのだという。

「犯人は、その前に、部屋に忍び込み、電話機に、爆弾を仕掛けたんだと思いますね」

と、亀井が、いった。

爆発物処理班の話では、仕掛けられたのは、いかなる形にも出来るプラスチック爆弾だという。

受話器を上げると、爆発する仕掛けになっていたらしい。

2DKの部屋は、天井や壁の破片で、一杯だった。

その破片を踏みしめながら、刑事たちは、部屋の中を調べていった。

欲しいのは、犯人の手掛かりだった。

洋服ダンス、三面鏡の引出し、押入れと、調べていく。

まず、手紙と、写真だった。手紙は、三面鏡の引出しに、乱雑に、押し込まれていた。

アルバム一冊が、洋ダンスの小引出しに入っていた。

もう一つ、アドレスブック。そして、預金通帳。

十津川たちは、その四つを持って、いったん、引き揚げることにした。

岡島多加志殺しの捜査本部に、入る。

まだ、今日の事件が、つながりがあるかわからない。

ひかり121号グリーン車の殺人を、通じて、三つの事件が、結びつく可能性はあった。

十津川たちは、持ち帰った手紙類、アルバム、そして、アドレスブックを、念入りに、調べていった。

手紙は、殆《ほとん》どが、男からのものだった。その名前を、リストにしていった。

アルバムの方は、より興味があった。

坂本ひろみの子供の頃からの写真が、貼《は》られていたからである。

両親と一緒の幼い時のひろみ。七五三の三歳の時だろう。晴れ着を着ている。

小学校、中学、高校と、写真は揃《そろ》っている。

そのあと、急に、今のクラブのママの写真になってしまう。

その間に、何年もある筈なのに、写真は、なかった。彼女自身が、捨ててしまったのだろうか。

着物姿の、クラブのママの写真は、沢山《たくさん》あった。

若いホステスと、カラオケを唄《うた》っている写真。何処かの温泉での写真。多分、ホステスたちとの慰安旅行のものだろう。

客らしい男とのツーショットもある。子供と写っているものがないから、結婚したことがなかったのか。それとも、子供は、作ったが、死なせてしまったのか。

アドレスブックには、男の名前と住所、電話番号が、ぎっしり書き込まれていた。恐らく、常連客のリストだろう。月日は、その客の誕生日か。仕事熱心なママだったのだ。

手紙の差出人は、アドレスブックに、のっている男ばかりだった。

預金通帳には、三千万を越える金額が、入っていた。この不景気の中で、がんばっていたのだ。

坂本ひろみを殺したのは、小柳夫婦殺しや、岡島多加志殺しと同一人なのだろうか。

4

坂本ひろみは、前日の十月十一日には、午後六時に、新宿の店に出ていることが、わかった。

自宅マンションを出たのは、午後五時半頃か。

従って、犯人は、午後五時半から、彼女が帰宅した翌十二日の午前一時までの間に、部屋に忍び込み、電話機に、プラスチック爆弾を仕掛けたことになる。

まず、その時刻の白石透と、大阪の脇田三郎のアリバイを、調べることにした。

もし、どちらかのアリバイがなければ、容疑者のリストに入れることが、出来る。

だが、意外なことに、二人とも、アリバイがあった。

捜査会議で、十津川がそれを、三上本部長に、報告した。

「大阪府警の話では、脇田三郎は、同じアダルトビデオの販売をしている人間と、十月十一日の午後六時から、大阪の道頓堀《どうとんぼり》で、夕食をとり、そのあと、北新地《きたしんち》のクラブで、看板の十二時まで、飲んでいたそうです。この時刻には、新幹線も、もう、ありませんし、車を飛ばしたとしても、十二日の午前一時までに、東京に着くことは、出来ません」

「白石透のアリバイは？」

三上が、説明を求める。

「白石は、十月十日から、伊豆《いず》の修善寺《しゅぜんじ》の旅館Sに泊まって、毎日、狩野《かの》川で、釣りを楽しんでいます。十月十三日までの四日間です」

「しかし、旅館を抜け出して、東京にやってくることは可能だろう？」

「ところが、問題の十一日の夜は、夕食の時に、芸者を二人呼び、十一時まで、どんちゃん騒ぎをし、その一人が、彼に誘われて、泊まっていっているのです。この芸者も、証言していますし、旅館の仲居《なかい》も証言しています。十一日の夕方から翌朝まで、白石は、修善寺の旅館Sにいたことは、間違いありません」

「偶然かね？　肝心の二人に、強固なアリバイが、あるというのは、偶然と思うかね？」

「いえ。思いません」

十津川は、きっぱりと、いった。

「坂本ひろみ殺しに合わせて、脇田三郎も、白石透も、強固なアリバイを作ったと、思うんだな？」

「そうです。出来すぎています。二人は、事件が起きることを知っていて、それに合わせて、アリバイを作ったんだと思います」

「この二人が、犯人ではないとすると、今回の事件の犯人は、誰なのかね？」

「わかりません。脇田や、白石と、関係のある人間だとは、思いますが」

と、十津川は、いった。

坂本ひろみの司法解剖の結果が出た。が、死因も、死亡推定時刻も、十津川が、予想した通りのものだった。

プラスチック爆弾の爆発装置も、解明された。受話器を持ちあげると、電流が流れ、それが、発火装置になっていたのだという。

使用されたプラスチック爆弾は、米軍で、C４と呼ばれているもので、ひかり１２１号のグリーン車で使われたものと同一だと、爆発物処理班から、正式に、報告された。

ひかり１２１号で、小柳夫婦を爆殺したのは、ほぼ、白石透に間違いないだろう。

だが、今回の犯人は、白石ではない。とすると、この犯人への指示は、誰が出したのだろうか？

「多分、三田商会の脇田でしょう」

と、十津川は、三上本部長にいった。

「指示の方法は、同じく、ビデオを使ったと思うのかね？」

三上が、きく。

「そうだと思います。今回は、ビデオで、プラスチック爆弾を電話機に仕込む方法などを、説明したんじゃないかと考えます」

「三田商会から、犯人に、そのビデオを送ったということか？」

「そうです」

「そいつは、誰なんだ？」

「わかりませんが、まず、坂本ひろみが、殺された理由から、調べていきたいと思います」

と、十津川は、いった。

十津川と亀井は、彼女が、ママをしていた歌舞伎町のクラブ「ムーンライト」に出かけた。

ママが死んだのに、店は開いていた。傭《やと》われママだったということなのか。
十二、三人のホステスと、若いバーテンと、マネージャーがいた。
十津川たちは、そのマネージャーに、まず、当たってみた。

「ひろみさんが、ここで働くようになったのは、だいぶ前ですよ。十年になるんじゃないかな」

と、四十五、六歳のマネージャーは、いった。

十年という数字に、十津川は、関心を持った。また十年だ。

「十年前というと、彼女が二十八の時だね？」

「ええ。その時は、新入りのホステスでしたけどね。ママになったのは、二年前ですよ」

「どんなママだった？」

「頭が良くて、よく働くママでしたよ。だから、店のオーナーも、信頼してたんです」

「彼女が殺されたと聞いたとき、どう思ったね？」

「びっくりしましたよ。やり手のママだったけど、殺されるなんて、考えもしませんでしたからね」

マネージャーのその言葉に、嘘はなさそうだった。

「彼女の経歴を教えてくれないか。十年前に、ここに来たというが、その前は、何をやっていたんだ？」

「大阪で、同じように、水商売をやっていたと聞いています」

「大阪で、ホステスをしていたのか？」

「ええ」

「なぜ、東京へ出て来たんだろう？」

「ママは、何もいいませんが、いろんな噂がありましたよ。ホステスなんて、いいたいことをいいますからね。金を使い込んで、東京に逃げて来たんだとか、恋人が、自殺しかけて嫌になったんだろうとかですが、どれも、あまり、信用できませんね」

「彼女が、怯《おび》えていたということはないかね？」

「気がつきませんでしたねえ」

と、マネージャーは、いった。

次に、ホステス連中に、ひろみのことをきいてみた。

マネージャーのいう通り、ホステスたちの話は、信用できないものが、多かった。どの話も、噂話なのだ。

ただ、彼女たちが、共通していったのは、ひろみが、頭が良くて、仕事熱心だったということである。

「だから、ママは、怖《こわ》かったわ」

と、いったホステスが、いる。

「怖いって、どういうことだ？」

亀井が、興味を感じたという顔で、きいた。

「油断ならないっていった方がいいかな。ママはお金が、大好きで」

「お金の嫌いな者はいないだろう？」

「頭がいいからお金を儲《もう》けるためなら、あたしたちを、利用することだって、平気でやりかねないわ」

「やられたことがあるのか？」

「やめたエリちゃんが、そうだったと思うの」

「どんな風に？」

「はっきりしたことは、わからないんだけど、エリちゃんのおなじみさんのKさんが、手形サギに引っかかって、大損をして、自殺しちゃったことがあるの。それが、エリちゃんのせいだといわれて、彼女、やめちゃったんだけど、あれは、ママが、やったんじゃないかということもいわれてるの。エリちゃんは、美人だけど、頭が悪いから、手形サギのお先棒なんか、かつげないわ。だから、ママが、N組の人と手を組んで、Kさんを引っかけたんじゃないかって」

「なるほどね。確かに、怖い人だね」

と、亀井が肯《うなず》く。

「すると、ママには、敵が多かったということになるね？」

十津川が、きいた。

「そうね。多かったと思うわ」

「大阪時代のことを、知ってる人はいないかな？　ここに来る前、大阪でホステスをやっていたらしいんだが」

「その噂なら、聞いたことがあるわ」

と、ホステスの一人が、いった。

「どんな噂なんだ？」

「向こうでも、何かして、居《い》づらくなって、東京へ逃げて来たっていう噂だけど、本当のことは、知らないわ」

どうも、噂話ばかりが多かった。

翌日、十津川と亀井は、アドレスブックにあった常連客の何人かに、会ってみることにした。

その中の一人、大企業の木暮《こぐれ》という課長は、十津川たちを、迷惑げな顔で迎えて、

「私は、何の関係もありませんよ」

と、いきなり、いった。

十津川は、苦笑して、

「あなたが、殺したなんて、全く思っていません。犯人は、別にいると、思っています」

と、いった。

木暮は、ほっとした表情になったが、

「それなら、なぜ、私のところに来られたんですか？」

と、きいた。

「坂本ひろみさんというのは、どんな女だったか、それを知りたくて、伺《うかが》ったのです。木暮さんから見て、どういう女性でした？」

「頭が切れて美人で――」

「他には？」

「何より、金が好きだね。美人だし、話もうまくて、楽しいんだが、金のことをやたらにいうので、シラけることがありましたよ」

「水商売の女性は、たいてい、そうじゃありませんか？」

「まあ、そうでしょうが、彼女は、特別でしたよ」

「手形サギの片棒をかつぐこともした?」

「その話は、私も聞いています。客の一人が、それで、一千万近く損をして、自殺したという話です」

どうやら、その話は、事実だったらしい。

「何か、彼女が、怖がっていたということはありませんでしたか？　誰かに、脅《おど》されていたとか、無言電話や、ストーカーに悩んでいたとかですが」

「私は、聞いていませんね。気の強い女だったから、悩んでいても、それを顔には、出さなかったんだと思いますが」

どうも、収穫がない。

青木《あおき》という、中堅タレントとも会った。アドレスブックに、その名前があったのだ。

青木は、最初、坂本ひろみなど知らないと主張したが、彼女のアドレスブックを見せると、肩をすくめて、

「僕は、三回ぐらいしか行っていませんよ。常連客じゃない」

「それは、どうでもいいんです。われわれとしては、彼女を殺した犯人を捕まえたいだけ

です。彼女は、やたらに金を欲しがっていた。その他に何か、他人《ひと》に恨《うら》まれるようなことは、していませんでしたかね？」

「僕が、そんなことを、知る筈がないでしょう」

「だが、彼女のマンションに泊まったことがあるんでしょう？　アルバムに、あなたを撮ったものがある。あのマンションの寝室で」

「あれは――」

「それを咎《とが》めているんじゃないんです。その時、彼女と、どんな話をしたか、思い出して欲しいんです。特に、大阪にいた頃のことを、何か、話しませんでしたか？」

と、十津川は、きいた。

青木は、考えていたが、

「とても、怖がっていましたよ。十年前の、大阪の話をするのを」

と、いった。

「なぜ、怖がっていたんでしょうか？」

「知りません。大阪の頃の話になると、彼女は黙ってしまいましたからね。よほど、嫌な記憶があるんじゃありませんか」

と、青木は、いう。

（怖い記憶か）

十津川は、その言葉に、興味を持った。それが、今度の殺しに、つながっているのだろうか。

しかも、十年前の記憶だ。小柳夫婦が殺されたのも、十年前の出来事が、関係していると考えられている。とすると、同じ根みたいなものがあるのだろうか。

第三章　新しい展開

1

捜査会議が開かれ、十津川は、まず、黒板に、次のように、書きつけた。

○十年前の二月五日
四国の琴平で火事。うどん店が全焼し、店主の小柳直記（妻子あり）は火災保険金を手に入れ上京。東京で、同じ、うどん店を経営

○十年後の九月二十日
この火災現場で身元不明の男二人の焼死体発見

○同じく、十月五日
新幹線ひかり121号グリーン車内で、小柳夫妻が、爆殺された

岡島多加志（二十三歳）が井の頭公園で射殺
○井上匡（二十三歳）岡島多加志の友人
○白石透（三十五、六歳）
○三田商会
　アダルトビデオ販売
　社長　脇田三郎
　仁村健治（脇田の元同僚）　行方《ゆくえ》不明
　森　恒彦　〃　〃
○同じく、十月十二日
　坂本ひろみ（クラブのママ・三十八歳）爆殺される

十津川は、自分の書いた文字を見ながら、一つの推理を展開した。

「十年前の四国琴平の火事が、今回の連続殺人事件の原因と、私は考えています。この火事で、身元不明の男二人の焼死体が見つかっていますが、この二人が、仁村健治、森恒彦ではないか。証拠はありませんが、可能性は大きいと思っています。十年後の今年、火元の小柳夫婦が、ひかりの車中で、爆死しました。その犯行に、三田商会の社長の脇田が絡《から》んでいたとなると、焼死体二人は、脇田の昔の同僚、仁村と、森ということが、当然、考えられます。十年前の火事は、保険金目当ての放火で、二人は、それに利用され、殺された。十年たった今、その復讐が行なわれたのではないかと考えます。脇田が、東京にいる白石透と組んでの小柳夫妻に対する復讐です」

「脇田の動機は、仲間二人の復讐だったとして、白石透は、どう関係してくるんだ？」

三上本部長が、質問する。

「白石については、今のところ、全《まつた》くわかっていません。表面上は、大阪の三田商会から、アダルトビデオを通販で買っている客ということです。が、井上の証言と、ダビングしたビデオがありますから、ただの客とは、とても考えられません。むしろ、小柳夫婦殺しの実行犯だと考える方が正しいと、思っています」

「それで、白石を尋問しているのか？」

「一応、話は聞いていますが、事情聴取とまではいきません。小柳夫婦を、知っているか、三田商会とは、どんな関係かぐらいのことです。何しろ、犯行指示のビデオといっても、それは、井上匡の証言しかありません。実在するという証明がないのです」

「白石透が、何者かは、調べているんだろう？」

「全力をあげて調べていますが、まだ、今回の事件との関係がつかめません。一番肝心《かんじん》な小柳夫婦との関係が、出て来ないのです。それで、事情聴取が出来ません」

十津川は、正直にいった。

「先を続けたまえ」

「それで、今のところ、白石は、何らかの恨《うら》みを、小柳夫婦に持っているので、三田商会、脇田社長の指示で、夫婦を爆殺したのだろうと、想像しているだけです。そして、小柳夫婦殺しを捜査中に、岡島多加志が、殺されました。これは、必要のない殺人だったと、私は、考えます。井上というバカな青年が、探偵の真似事《まねごと》に友人を巻き込んだために、その友人が殺されたのだと、考えています。ただ、ビデオを頼んだ現金書留の控《ひかえ》がなく、岡島多加志が、どこの郵便局で出したかわからないので、そのために、殺されたという証拠がつかめません」

「犯人は、白石透だと思っているのかね？」

「今のところ、他に考えようがありませんが、証拠がありません。そして、次に、坂本ひろみが殺されました。彼女と、他の事件の関係はわかりませんが、十年前に、大阪で、ホステスをしていたことは、わかっています。その時に、三星商事の三人と、坂本ひろみは、関係が出来たのではないかと、推理しています。ただ、坂本ひろみ殺しについては、脇田三郎も白石透も、アリバイが、はっきりしています」

「殺したのは、別の人間だということか？」

「その通りですが、面白《おもしろ》いのは、二人のアリバイが、はっきりしすぎていることなのです」

「どういうことかね？」

「つまり、二人は、坂本ひろみが、殺されることを知っていて、アリバイを作ったのではないかと思われるのです」

「意味が、よくわからないが？」

「逆に考えますと、坂本ひろみ殺しも、同じ事件の一つと考えられるということなのです。ただ、今回の犯人は、脇田三郎でも白石透でもなかった。二人以外に、もう一人、実行犯がいて、その人間が、坂本ひろみを殺したが、それには、脇田と白石のアリバイを最初から、作っておこうという意志が感じられるのです」

と、十津川は、いった。

「誰の意志だ？」

「グループの意志といったらいいか、それとも、リーダーの意志といったらいいのか、そうしたものです」

「グループか」

「そうです。三田商会社長の脇田、東京の白石透、そして、坂本ひろみを殺した犯人Xの、少なくとも三人のグループで、構成されていると考えています。リーダーは多分、脇田だと思います」

「その三人が、十年前の復讐をしているということか？」

「そうではないかと思っています。岡島多加志は、そのとばっちりで、殺されたということです」

「それだけわかっていても、脇田たちは、逮捕できないのかね？」

三上は、かなりのいらだちを、表情に見せて、十津川に、きいた。

「大阪府警とも、話し合いましたが、向こうでは、風俗営業法でも取締まるのは、難しいと、いっています。愛知県警は、ひかり１２１号車内の小柳夫婦の爆殺事件を捜査していますが、いまだに、容疑者を特定できずにいます。もちろん、白石透の顔写真は渡してあり、その写真で、目撃者を当たっているのですが、まだ、目撃者は見つかっておりません」

「しかし、君は白石透が、ビデオの指示に従って、ひかり１２１号の座席に、爆弾を仕掛けたと考えているんだろう？」

「そうです。しかし、あくまでも、推理でしかありません。肝心のビデオがありません。

多分、白石が、処分したものと、思います」

「奇妙な事件だな。犯人も、殺しの方法もわかっているのに、逮捕できないとはね」

三上が、ぶぜんとした顔になっている。

「あくまでも、問題は証拠です。三田商会の脇田社長たちの名前も、公《おおやけ》には出来ません。そんなことをすれば、間違いなく告訴されてしまいます」

「証拠は見つかると、思っているのかね？」

「必ず、見つけ出します」

と、十津川は、いった。

「他には？」

「動機の解明です。それに、もう一人の犯人Xを、見つけなければなりません」

「動機は、十年前の火災なんだろう？」

「それも、われわれが、そう考えているだけで、証拠のないことです。もう一度、十年前の琴平の火事について、詳《くわ》しく、調べる必要があると、思っています」

十津川は亀井と、今回の事件を、最初から、見直してみることにした。

何処《どこ》かに、見落としはなかったか。見間違えていることはないのかと、いうことだった。

2

「私には、根本的な疑問があります」

亀井は、二人だけになった気安さで、そんなことを十津川にいった。

「根本的なというのは、おだやかじゃないね」

十津川は、笑った。が、眼は真剣だった。

「今日の捜査会議で、警部は、十年前の琴平の火事が、原因だといわれました。その時の、身元不明の二つの焼死体。それが、当時の脇田三郎の仲間、仁村健治、森恒彦の二人に違いない。十年たった今、その二人の仇《かたき》を討った。それが、小柳夫婦の殺しではないのかと」

「ああ。そうだと、思っている。カメさんは、反対なのか？」

「いいえ。反対じゃありません。そう推理するのが、正しいと思っています。推理として、辻褄《つじつま》が合ってますから」

「だが、根本的な疑問も、感じているんだろう？」

「それで、困っているのです。何しろ、十年間です。一昔《ひとむかし》です」

「だが、あっという間《ま》だという感もある」

「ええ。そうなんです。ただ、仁村と森の二人は、脇田の肉親じゃありません。ただ、十一年前、大阪の天王寺で、一緒に商売を始めた仲間というだけです。その商売も、すぐ、失敗して、ちりぢりになったと聞いています。そんな仲間の復讐を、十年たって果たして、実行するでしょうか？」

「だが、現実に、小柳夫婦は、ひかり121号の車内で、殺されているし、その殺人に脇田三郎が絡んでいると、思われているんだ。それでも、カメさんは別に犯人がいると考えるのかね？」

「いえ。三田商会の脇田社長が、絡んでいることは間違いないと思っています」

「すると、問題は、動機か？」

「そうなんです。ひょっとすると、別の動機があるのではないか、その動機に、東京の白石透が絡んでいるのではないか。そんな風に、考えてみたんですが――」

「もし、カメさんのいう通りで、動機が、全く違っていたら、捜査方針も、変えなければならなくなるな」

「しかし、犯人は、同じですから、全く、違う捜査にはならないと思います」

と、亀井は、いった。

「それは、そうなんだが――」

十津川は、考え込んだ。

彼自身、正直にいえば、亀井と同じような疑問を、持っていたのである。

十年間は、確かに、長い。

なぜ、その間、復讐しなかったのかという疑問も、ある。復讐説が正しければである。

小さな疑問も、いくつかあった。

十年前、琴平で、焼死した二人の身元不明の男の死体。

この焼死体が、脇田の仲間の二人だったという証拠は、まだ無いのだし、たとえ、二人だとしても、なぜ、そこで焼死したのかも、解明されてはいないのである。

十津川は、一応、二人が欺《だま》されて、小柳に殺されたと、判断した。そう考えれば、十年後、脇田が仲間二人の仇を討ったという推理が、成立するからだった。

しかし、これとて、確証があるわけではなかった。火事の時、問題の店にいたのは、小柳一人で、妻子は道後温泉に、出かけていた。

それに、焼死した二人の男は、いずれも、二十九歳から三十一歳という働き盛りである。欺したとしても、小柳一人で、簡単に、殺せるものだろうかという疑問が起きる。

十年前の火災現場の調査は、二転三転していた。

二人の男の焼死体について、たまたま、その夜、うどん店に忍び込んだが、火事にあって逃げおくれてしまったのだろうという見方もあった。それが、殺されたのではないかという疑問も起きたのだが、結局、結論が出ないままに、十年がたってしまっているのである。

小柳は、その二人について、全く心当たりがないと証言し、それが信じられて、今日まで来ている感じだった。付近の人たちも、二人を見たことがないと、証言しているから、警察が、小柳夫婦とは、無関係と考えたのも、無理はない。

それが、今回の事件、小柳夫婦が、ひかり121号の車内で殺されたことで、見直される結果となったのだが、十年の空白は、あまりにも大きかった。

二人の焼死体は、無縁仏として、始末されており、脇田三郎の友人二人と、比較出来るものは、殆《ほとん》ど、残っていなかった。

「どこかに、手掛かりをつかみたいね」

と、十津川は亀井に、いった。

「三田商会の脇田社長については、かなりのところまでわかっていますが、経歴がわかっていないのは、白石透ですね」

「それに、新しく殺されたホステスの坂本ひろみだな。十年前に、大阪で、今と同じ水商売をやっていたということしかわかっていない」

「そうですね。彼女を殺した犯人Xについては、全くわかりません。この方は、男か女かもわかっていません」

「白石透と、坂本ひろみについて、まず、もう少し、深く調べてみることにしようか」

と、十津川は、いった。


東京の白石透については、西本《にしもと》たちに委《まか》せて、十津川と、亀井は、坂本ひろみの過去を調べに、大阪へ行くことにした。

大阪の何処で、働いていたのか。

「私は、天王寺周辺か、十三あたりじゃないかと思う」

と、新幹線の中で、十津川が、亀井にいった。

「それは、三田商会の脇田の線からですか？」

「そうだ。十年前、脇田は、仲間の仁村健治、森恒彦と、天王寺で、商売をしていた。その時の関係なら、天王寺ということになってくるし、脇田の関係だとすると、十三ということも考えられるからね。他には、思いつかないんだよ」

十津川は、あまり、自信のない顔でいった。

ともかく、二人が新大阪に着くと、府警の生活保安課の川口警部が、迎えに来てくれていた。

「また、来ました」

と、十津川は、川口にいった。

「今度は、ホステスのことらしいですね」

「十年前、大阪で、働いていたという女で、先日、東京の自宅マンションで、爆薬を使って殺されました。これが彼女です」

十津川は、坂本ひろみの顔写真を、川口に渡した。

「名前は、坂本ひろみ、三十八歳です」

「爆殺というのは、尋常ではありませんね」

「例の小柳夫婦と同じで、プラスチック爆弾が、使われているのです。それで、同一の事件と、考えました」

「十年前というと、二十八歳ですね」

「大阪の何処で、ホステスをやっていたかが、わからないのです。一応、天王寺か、十三あたりではないかと、考えたのですが」

「それは、三田商会の脇田の絡みからですか？」

「そうですが、大阪のことは、あまりよくわからないので」

と、十津川は、いった。

「天王寺に住んでいても、キタかミナミへ行って、飲みますがね」

「それでは、調査は、そちらにお委せします」

と、十津川は、いった。

正直にいって、大阪については、自信はなかった。三田商会の関係で、十三という地区については、少しは知識を得たが、キタ、ミナミという有名な大阪の歓楽街について、殆ど、わからないのだ。

その日、川口が、坂本ひろみの写真を手に、部下の刑事たちと、聞き込みに廻ってくれて、翌日には、彼女が働いていたと思われるクラブが見つかった。

心斎橋《しんさいばし》近くのMというクラブだった。

十津川と、亀井は、川口に案内されて、夜になってその店に出かけた。

十年前にも、その店で働いていたという四十代のママは、

「ええ。この女性《ひと》は、覚えてますよ。確か、うちでは、あけみという名前で、働いていましたけどね」

と、いった。

「どんな女でした？」

「きれいで、人気がありましたよ。お金に汚いのは、他のホステスも同じだったし、別に、悪いことじゃありませんからね」

ママは、そんないい方をした。

「この男たちが、当時、飲みに来ていませんでしたかね？　彼女目当てに」

十津川は、脇田たち三人の写真を見せた。

ママは、首をかしげて、

「何しろ、十年も前のことですからね。最近は、うちへ来ていないんでしょう？」

「ええ」

「それじゃあ、覚えてないわね」

「この三人は、当時、天王寺で、三星商事というリサイクルの店をやってたんですがね」

「リサイクルって、不用になった品物を買い取って、それを売るという、いわば、中古品の売買の会社でしょう？」

「まあ、そうです。今ふうに、英語でいえばリサイクルショップというわけです」

「それなら覚えてる」

と、ママは、微笑した。少しずつ、十年前のことを、思い出してきたらしい。

「この三人も覚えているんですか？」

十津川も、自然に、力をこめて、きいた。

「顔は、よくは覚えてないんだけど、ホステスって、お客からの貰《もら》い物が多いんですよ。それも、かなり高価なものがねえ。それを、高く買ってくれる人がいれば、嬉《うれ》しいと思っているのに、確か、相談にのってくれる人がいたのを、覚えてますよ」

「それが、この三人でしたか？」

「思い出した。確か、三星とか、四星《よつぼし》とかいう名刺を貰ったことがありますよ」

「彼女も、その三星商事を、利用してたんですかね？」

「最初はね」

「そのあとは？」

「事件があったんですよ。だんだん、思い出してきましたよ。新聞にも、のったんだわ」

「新聞にも？」

「大新聞にはのりませんでしたけどね。十年前の正月くらいだったかしら」

「三星商事は、その前年にオープンして翌年の一月末には、潰《つぶ》れているんですよ」

「そうでしたよ。確か、十年前の正月頃でしたよ」

「どんな事件だったか、覚えていますか？」

「確か、三星商事の人が、手形が落ちなくて困っているとき、あけみさんが、いい人がいるから紹介してあげるといって、欺して――」

「手形サギ？」

「そんなことだったと、思いますよ」

「それが原因で、三星商事は、潰れたのかな？」

「その辺のことは、よく覚えてませんけど、あけみさんも、逃げてしまって」

と、ママは、いった。

十津川たちは、地方紙の「なにわ経済社」を訪ねて、十年前の一月の新聞を見せて貰うことにした。

縮刷版を見ていくと、確かにのっていた。

〈リサイクルショップの経営者、手形サギに引っかかる〉

という、小さな記事だった。

一月十七日の新聞で、M商事の経営者が、手形が落ちずに困っているとき、行きつけのクラブのホステスA子に欺されたというものだった。

結局、経営者は泣き寝入りになり、A子は逃げてしまった、と書いてある。A子というのは、あけみ即《すなわ》ち、坂本ひろみのことだろう。

この記事のことを覚えているベテランの服部《はっとり》という記者が、詳しく、話してくれた。

「それで、三百万から四百万くらいの損害を受けたんじゃないかな。このM商事というのは、その前から、経営が行き詰まっていて、結局、その後、すぐ、潰れましたよ」

「女の方は、その金を手に入れて、姿を消したということですか？」

と、十津川は、きいてみた。

「いや、女には、暴力団の幹部がついていましてね。一応、政治結社を名乗っていたんだが、その男がついているんで、結局、泣き寝入りになってしまったんですよ」

と、服部は、いった。

「その男は今でも、大阪にいるんですか？」

「小笠原欽也《おがさわらきんや》という名前でね。いつの間にか、上京して、政治家の秘書になり、今は、確か、その政治家の後釜《あとがま》を狙《ねら》っていると聞きましたよ」

「何という政治家ですか？」

「香取英太郎《かとりえいたろう》」

「名前は、知っています。病気で倒れたと聞いたことがありますが」

「だからその後釜を狙っているんですよ」

　と、服部は、笑った。

「ホンモノの政治家になろうとしているということですか」

「そうですよ」

　これで、かなりのことが、わかってきたと、十津川は、思った。

「十年前、小笠原がやっていた政治結社というのは、どんなものだったんですか？」

「名前は、神水会《しんすいかい》でしたかね。彼が、ひとりでやっていたんです。これといった強い主義主張があるわけじゃなかったけど、本人は、政治家になりたがっていましたね」

「当時、何歳くらいでしたか？」

「三十歳くらいでしたね。威勢は良かったですよ」

「とすると、今は、四十歳ですか」

「そうなりますね」

「他に何か、小笠原のことで覚えていることは、ありませんか？」

「時々、突拍子《とっぴょうし》もないことをやるんで有名でしたよ。一種の売名行為ですかね」

「例《たと》えば、どんなことをやるんですか？」

「突然、民族独立運動を、助けるんだといって、中東に飛んで行って、しばらく、行方不明になったり、激動のロシアに行って、向こうのマフィアと、手を組んで、商売をしたりでね」

「面白いですね」

「面白いといえば、妙な本まで出してるんですよ」

と、服部は、いい、机の引出しを探していたが、一冊の本を取り出して、十津川に見せた。


『テロの時代は、こうして身を守れ』


それが、本の題名だった。

〈著者の体験が書かせた警世の書〉

と、いった言葉が躍《おど》っている。

十津川は、パラパラとめくっていたが、ふいに、その手が止まった。

〈時限爆弾が君を狙っている！〉

そんな見出しのページだった。

プラスチック爆弾のことも、詳しく説明してある。

「この本のことで、本人に、話を聞いたことがありますか？」

と、十津川は、服部にきいた。

「実は、五、六年前に、ミナミの雑居ビルで、爆弾さわぎがありましてね。狙われたのは、サラ金会社だったんですが、それが、プラスチック爆弾とわかったんです。それで、小笠原が、疑われたんですよ」

と、服部は、いった。

「警察に調べられたんですか？」

「そうです。僕も、小笠原に会って、いろいろ、話を聞きましたよ」

「結局、小笠原は、その事件とは、無関係だったんですか？」

「無関係というより、証拠不十分で、釈放という方が正しかったと思いますよ。そのあとで、彼に会ったんです。彼に一つだけ聞きたかったんですよ。プラスチック爆弾を、手に入れようとすれば、出来たかどうかです」

「彼の返事は、どんなでした?」

「簡単に手に入るといっていましたよ。ニヤッとしながらね」

と、服部は、笑った。

この事件も、新聞にのっていた。

六年前の十月に起きた事件だった。

〈サラ金爆破される!〉

その見出しで、記事は、こうなっていた。

〈十月十八日午前二時頃、ミナミの雑居ビルで爆発が起きた。このビルの三階にある消費者金融会社「ハッピーライフ」の事務所が、爆破され、金庫から、現金八二〇万円が、奪われた。爆発物処理班の話だと、使われたのは、C4と呼ばれるアメリカ軍のプラスチック爆弾であることが、わかったという。警察は、このプラスチック爆弾について、追っている〉

3

「このあと、小笠原が、大阪から姿を消したんですよ。そして、いつの間にか、政治家秘書になっていたわけです」

と、服部は、いった。

妙なことになってきたなと、十津川は、思った。

新聞社を出たあと、亀井も、同じことを口にした。

「妙な方向に、動いてきましたね」

「プラスチック爆弾を、今回の事件の犯人が、どうやって入手したのかが、わからなかったんだが、意外なところから、同じプラスチック爆弾の話が、出て来たからね」

と、十津川は、いった。

それが、今回の事件に、関係してくるのか、それとも、関係がないのか。

「敵味方が、わからなくなりましたよ」

亀井は、彼らしいいい方をした。

その気持ちは、十津川にも、よくわかった。

坂本ひろみ殺しにも、プラスチック爆弾が、使われた。

彼女が、殺された理由を知りたくて、十津川と亀井は、今回、大阪にやってきた。

彼女は、十年前、あけみという名前で、大阪ミナミで、ホステスをやっていた。その時、店の客としてきていた脇田たちを、手形サギで引っかけた。そのため、脇田たちがやっていたリサイクルショップの三星商事は、倒産した。

ここまでは、十津川にも、納得できるものだった。

十年後の復讐――という言葉で、説明がつくからである。

だが、もし、殺しに使われたプラスチック爆弾が、小笠原の手によって、入手されたものだとすると、奇妙なことになってくる。

小笠原は、坂本ひろみ（あけみ）と、手を組んで、三星商事の脇田たちを欺し、倒産させた張本人なのだ。

脇田は、その仇の小笠原から、殺人の武器を、手に入れたことになる。

これは、どういうことなのか？

「小笠原という男に、会いたくなったな」

と、十津川は、いった。

その日は、大阪にもう一泊したが、翌日早く、十津川と亀井は、帰京した。

列車の中で、参議院議員の香取英太郎の事務所に、電話して、小笠原へのアポイントメントをとった。

東京駅から、二人は、香取の事務所のある千代田《ちよだ》区平河町《ひらかわちょう》に向かった。

十津川と亀井は、そこで、小笠原に会った。

十津川と同じ四十歳である。

長身で、押し出しがきく。大阪でも、この外見が大いに、役に立ったのだろう。

事務所の主の香取英太郎は、現在、入院中で、事務所の主は、小笠原の感じだった。

来年の選挙では、この男が、立候補するのだろう。香取のお墨《すみ》つきを貰って。

「警察の方が、私に用とは、珍しいですね」

と、小笠原は、微笑した。

「今、女事務員の方が、あなたのことを先生と呼んでいましたね」

と、十津川は、いった。

「香取先生が、長らく不在なので、その代わりに、先生と呼んでるんですよ。いわば代理です」

と、小笠原は、笑う。

「来年になれば、正真正銘の先生になられる」

「まだ、わかりませんよ。選挙は厳しいから」

「そんな小笠原さんに、不快と思われるようなことを、お聞きしなければなりませんが――」

「構《かま》いませんよ」

「あなたが、大阪におられた頃のことなんですが」

「ああ、私が、無茶をしていた頃だ」

「その頃、テロの本を、書かれていますね？」

「ああ、書きましたよ。平和ボケの日本人に、警告しようと思ってです。別に、後悔はしていませんよ」

「あなたは、今でも、プラスチック爆弾を、入手できるんですか？」

「入手できますよ。アメリカ軍からでも、ロシアからでも、現代は、金さえ使えば、どんなものでも、手に入るんです」

と、小笠原は、自信満々に、いった。が、すぐ、付け加えた。

「ひかりの車中での爆破事件のことですね」

「よくわかりますね」

「そりゃあ、あんなに、でかでかと新聞にのった事件ですからね。それに、人を殺すのに、プラスチック爆弾を使うなんて、めったにないことですよ。誰だって、刑事さんが来た理由は、すぐ、わかります」

と、小笠原は、笑った。

「その、ひかりの事件ですが、殺されたのは、小柳という、手打ちうどんの店の主人夫婦です」

「ああ、そうでしたね」

「小柳直記と、妻の玲子です。娘の名前は美由紀です」

「そこまでは、知りませんよ。私には、関係のない事件ですから」

「夫婦は、戸越銀座で、『楽信』といううどん店をやっていたんですが、行かれたことは、ありませんか？」

「いや、ありません。私は、うどんより、そばの方が好きなもので」

「大阪生まれで、大阪育ちなのに？」

「関西人でも、そば好きは、沢山《たくさん》いますよ」

と、小笠原はまた、笑った。

「その大阪の人間で、脇田三郎という男を、ご存知ですか？」

「十年前、天王寺で三星商事というリサイクルショップをやっていた男で、倒産し、今は、十三で、アダルトビデオの販売をしています」

十津川がいうと、小笠原は、急に、眉をひそめて、

「ああ、私のヌレギヌの事件の男だ」

と、いった。

「思い出されましたか？」

「思い出したくない事件ですよ。私は、何の関係もないのに、ホステスと組んで、手形サギを働いたというヌレギヌを着せられたんです」

「そのホステスの名前を、覚えていらっしゃいますか？」

「いや、何しろ、十年前のことですからね」

「坂本ひろみ。その頃は、あけみという名前を使っていました」

「そうでしたかね」

「なぜ、あなたの名前が、その事件で、出たんでしょう？」

「それは、決まっています。そのホステスが、私の名前を利用したんですよ。私は、客として、時々、そのクラブへ顔を出していて、一応、名前が通っていましたからね。結局、

無実が証明されましたが、ひどい目にあいましたよ」

「そのホステスですが、先日、殺されました」

「そりゃあ、自業自得というものでしょう」

「プラスチック爆弾を使用して、マンションの部屋ごと、爆破されてしまったんです」

「ちょっと待って下さいよ。まさか、私を、疑っているんじゃないでしょうね？」

「違いますか？」

「なんで、私が、そんなホステスを殺さなければならないんですか？　私は、来年春の選挙には、香取先生のあとを受けて、政界に出ていく人間です。ホステスなんかにかまってはいられませんよ」

「なるほど」

「私は、子供の時から、政治家志望でしてね。もちろん、若気《わかげ》の至りで、ヤクザの世界に足を踏み入れたこともあるし、世界中を飛び廻って、無茶もしました。それが、香取先生と会って、やっと、政界への道に入ることが出来たんです。日本という国を愛することで、人後に落ちるものじゃありません。十津川さんだって、今の日本が、未曾有《みぞう》の危機にあることは、よくご存知でしょう。私としては、今、出馬すべき時と、感じています。香取先生も、君のような若い人間を、政界は必要としていると、いってくれています」

小笠原は、熱っぽく、喋《しゃべ》った。聞いていて、十津川は、本気だと思った。

だが、本気だから困るということもある。

十津川は、小笠原の演説を、なおも聞かされてから、香取英太郎の事務所を出た。

亀井も、うんざりした顔で、

「あの先生にだけは、投票したくありませんね」

「だが、ああいう、熱血先生みたいなのが、人気があるんだよ。残念ながらね」

捜査本部に戻ると、十津川は、三上本部長に、小笠原のことを、報告した。

「香取議員の個人秘書か」

三上は、眉をひそめた。

「そうです。来年の参院選に、香取英太郎の後釜として、立候補すると、いわれています」

「つまり、香取議員が、可愛がっている男ということだろう？」

「そうです」

「まさか、君は、その小笠原という男まで、疑っているわけじゃないんだろうね？」

「いけませんか？」

「香取議員は、検事あがりで、参院の法務委員長をやっていた。しかも、保守党切ってのうるさ型だ。その香取議員の可愛がっている人間を、殺人事件の容疑者として、追い廻したりしたら、香取議員が、黙っていないだろうと思うがね」

三上は、心配性らしい言葉を口にした。

十津川は、内心、苦笑しながら、

「まだ、小笠原が、容疑者というわけじゃありません」

「しかし、今回の事件に、関係しているんじゃないかとは、思っているんだろう？　君は、そういう口ぶりだ」

「もちろん、容疑が出てくれば、捜査の対象としますが、今のところは、そうなっていません。もちろん、その時には、本部長に、絶対に、お知らせします」

と、十津川は、いった。

「事件が、変容してしまったということかね？」

三上が、きく。

「それが、正直にいいまして、はっきりしないのです」

「三田商会の脇田社長が、十年前に殺された仲間の復讐をしている。それが、君の推理じゃなかったのかね？」

と、三上が、きいた。

「どうも、その推理が、ぼやけてきた感じなのです」

「ぼやけてきたというのは、どういうことかね？」

「前々から、十年前の事件への復讐というのは、少しばかり、時代がかっているような気がしていたのです。十年前の火事は、焼死事件そのものが、はっきりしていませんでしたが、ここに来て、果たして、その通りなのだろうかという疑問が、出て来たわけです」

「しかし、十年前の復讐でないとしたら、真相は、何なんだ？」

三上は、ストレートに、きく。

「それも、まだ、わかりません」

と、十津川は、正直に、いった。

「と、いうことは、復讐説も、まだ、残っているということかね？」

「その通りです。今もいいましたように、事件が、複雑化してきたということなのです」

と、十津川は、いった。

他に、いいようがなかったのだ。

三上本部長に、報告したあと、今度は、西本たちから、白石透についての報告を聞くことになった。

「経歴は、調べられました」

と、西本は、いった。

「東京の生まれで、父親は中堅の運送会社を経営していましたが、二年前に死亡し、その会社は透の兄の市郎《いちろう》が、継いでいます。母親も、今は、その兄夫婦と同居しています。兄弟は、他に、妹がいたのですが、彼女は、病死しています。透本人は、順調に、N大を卒業していますが、その後、なぜか定職につかず、気ままな生活を楽しんで、現在にきています。これは、彼の性格にもよるようですが、父親の経済的な援助があったせいだと考えられます。父親が死亡した時には、かなりの遺産を、手にしています」

「それが、なぜ、今回の事件に関係することになったんだ？　ただの旅行好きの青年だったんだろう？」

と、亀井が、きいた。

「今、経歴がわかったといいましたが、不明な部分が一ヵ所だけあるんです」

日下《くさか》刑事が、思わせぶりに、いった。

「どういうことなんだ？」

「白石は、現在、三十五歳ですが、N大を卒業したあと、二十代の三年間が、はっきりしないのです」

「卒業したあとの三年間？」

「そうです」

「十年前か？」

「十年前に、彼は二十五歳だったわけですが、二十五歳から二十八歳までの三年間が、わからないのです。その間、何処で、何をしていたのかが、わかりません」

「その頃の住所も、わからないのか？」

「住所は、父親の住所と同じになっています。一応同居していたことになっていますが、当時の白石家の使用人などに当たってみると、次男の透を、一度も、見たことはないというのです」

「別居していたということか？」

「そうなんですが、その住所も、何をしていたかも、わからないのです」

「白石本人に、聞いてみたか？」

「聞いてはみましたが――」

「どう答えているんだ？」

「世界を、放浪していたと、いっています。本当らしくもあるし、嘘《うそ》らしくもある答えです」

「世界を、放浪か」

「今でも、彼は、時々、外国旅行を楽しむとは、いっているんです。その費用は、例の父親の遺産を使っていると、いっていますが」

「証拠はないのか？　世界を放浪していたという証拠だが」

「最近の外国の旅行については、写真を見せてくれましたが、問題の三年間については、ただ、放浪していただけで、写真みたいなものは、残っていないと、主張しています。当時のパスポートも、失《な》くしてしまっていると、いうのです」

「その三年間、刑務所に入っていたということはないのか？」

と、十津川が、きいた。

「それも考えてみましたが、白石には、前科はありません」

「女性関係は、どうなんだ？　三十五歳と、男盛りだし、父親の遺産もあるんだろう？」

「いろいろ調べてみたんですが、これといった特定の女性は、浮かんで来ません。これまでに、結婚もしていません」

「しかし、女性に興味がないわけじゃないだろう？　嘘か本当かわからないが、三田商会から、アダルトビデオを購入してもいるんだから」

「そうなんです。N大の同窓生の何人かにも会って話を聞きましたが、学生時代は、女性に、もてたそうです。結局、生活の心配がないから、独身の気ままさを楽しんでいるんだろうということになったんですが」

と、西本が、いう。

「あのマンションに、女性が訪ねてくることはないのか？」

亀井が、きいた。

「管理人の話では、二、三回、若い女性が、白石を訪ねて来たのを、見たことがあるということです。ただ、いつも、夜おそくなので、顔は、はっきり見ていないのです」

「同じ女性なのか？」

「それも、はっきりしません。とにかく、三十五歳の独身男ですから、若い女性が訪ねて来ても、不思議はないわけですが」

「親友はいないのか？　大学の同窓生で、今でもつき合っているといった相手だが」

「それを探してみたんですが、見つかりませんでした」

と、日下は、いった。

「大阪の三田商会との関係も、新事実は、わからずか？」

「わかりません。白石は、旅行好きですから、何回か、関西にも行っているとは、思いますが、その時、十三の三田商会へ行っているという証拠は、ありません」

西本が、残念そうに、いった。

4

「問題は、十年前の白石透の行動だな」

と、十津川は、亀井に、いった。

「そうですね。空白の三年間というのが、気になりますね」

亀井も、肯《うなず》いた。

「世界を放浪したというのは、本当だろうか？」

「金があって、旅行好きな青年なら、二、三年、世界を放浪するというのも不思議はありません。私の親戚の大学生ですが、卒業を二年間延ばして、世界中を、歩き廻っています。そんな若者は、意外に多いのかも知れません」

「カメさんは、本当に、三年間、世界を放浪していたと、思うのか？」

「あり得ます。その間に、今回の事件に繋《つな》がることがあったかどうかということですが」

と、亀井は、いった。

「三田商会の脇田三郎は、世界を放浪はしていないんじゃないかな？」

と、十津川は、自問するように呟《つぶや》いたが、

「いや、十年前に、三星商事が倒産したあと、十三で、アダルトビデオの販売を始めるまでの何年間か、不明なんだ」

「そうです。不明です」

「小笠原も、同じだな。何年間か、無茶なことをしたといっている。突然、中東に出かけたりしている。その間に、白石と会ったということは、十分に考えられるな」

十津川の眼が、光ってきた。

もし、この推理が当たっていれば、白石透と、小笠原の接点は、出てくるだろう。

だが、十津川たちが欲しいのは、むしろ、白石と、三田商会の脇田三郎との繋がりの方だった。

「ただ一つ考えられるのは、十年前に、脇田のやっていた三星商事が倒産してから、十三で、三田商会を始めるまでの間に、白石と、出会ったのではないかということだな」

と、十津川は、いった。

「三田商会が、オープンしたのは、今から、五年前です。倒産してから、少なくとも五年間あります」

「その間、脇田は、何処で、何をしていたかだな」

「倒産した時、何百万という負債があったといいますし、その他にも、われわれにはわからない借金があったと思います」

「債権者から逃げ廻る生活だったとすると、この間の経歴は、つかみにくいだろうな。現に、大阪府警でも、この期間、脇田が何処で、何をやっていたか、つかみにくいといっていた。彼自身も、喋らないからね」

「それは、喋りたくないということなんですかね？」

「もちろん、それもあるだろう」

「脇田も、また、その間、日本を離れていたということも考えられますね」

と、亀井は、いった。

「その間に、日本の外で、小笠原や白石と会っていたということか」

「もちろん、脇田の場合は、白石のように、ヒマに委せて、世界を放浪というのでも、小笠原のように、冒険心からの海外脱出でもないと思います。債権者から逃げるために、海外へ行ったんだと考えられますが、動機は、何であれ、海外で、この三人が出会うチャンスは、ゼロではなかったと思います。脇田が、不明の時期に、国外へ出ていたという前提に立っての考えですが」

「――」

十津川は、黙って亀井の言葉を聞いている。

今まで、三田商会の脇田三郎と、小柳夫婦の対決という簡単な図式だった。対決のキーは、十年前の琴平の火事と、二人の身元不明の焼死体だった。その焼死体が、脇田の仲間で、十年後の今、脇田が、その仇を討った。白石透は、手駒の一つに過ぎない。

単純で、わかりやすい推理だった。

井上という余分な青年の存在や、その友人の岡島多加志が殺されることはあったが、中心のストーリイは、変わらなかった。

坂本ひろみというホステスが殺された時も、いぜんとして、この中心軸は変わらなかったのである。だから、このまま、捜査を進めていけば、自然に、事件は、解決に向かうと信じていたのである。

ところが、小笠原という異質の人間が、出現したことで、中心のストーリイが、おかしくなってしまった。

十津川は、それを感じる。

ただ、単に、異質の人間というだけではないので困るのだ。

もし、小笠原を、十年前の事件への復讐というストーリイに、組み込むとすると、十年前、彼は、殺された坂本ひろみの仲間だったのだから、脇田の仇の側になってくるのである。

だが、どう考えても、その逆の人間に見えてくるのだ。

今回の事件で、二件とも、兇器として、プラスチック爆弾が使われている。簡単には入手できるものではない。が、小笠原なら、手に入るのではないか。彼自身、そういっているからだ。

プラスチック爆弾についてだけ考えてみれば、小笠原は、犯人側の人間になってきてしまう。

十年たって、小笠原が、昔の仲間を裏切って、脇田の方についたということなのだろうか？

「女の匂いがしませんねえ」

亀井が呟いた。

「え？」

という表情を十津川はした。一瞬、亀井が、何のことをいっているのか、わからなかったのだ。

「女です。殺人事件にはたいてい、女の姿が、ちらつくものでしょう。今回は、どかん、どかんと、二回も、大きな花火が揚《あ》がっているのに、女の匂いがしません」

「ホステスの坂本ひろみが、殺されているじゃないか」

「そうなんですが、三田商会の脇田に、女がいるという話は聞こえてきませんし、白石透のマンションには、二、三回、女が来ていたようですが、特定の女の姿はありません。小笠原も、十年前の坂本ひろみのような女の存在はないみたいです」

「それが、カメさんには不満なのか？」

十津川が、笑いながら、きいた。

「不満というよりも、特定の女がいれば、そこから、相手を追い詰めていけますから」

と、亀井は、いった。

「小笠原は来年春の選挙に、香取の後継者として、出馬するつもりでいる。もう一年もないんだ。その間に、女のことで、妙な噂《うわさ》が流れたら、マイナスになる。それで、身の回りを、きれいにしているんだと、私は、思っているよ。本当は、女好きだと思っている」

「坂本ひろみを殺したのが、小笠原だとすれば、選挙に備えて、彼女の口を封じたということでしょうか？」

「そう考えざるを得ないね」

と、十津川は、肯いてから、

「私が、わからないのは、白石透という男だよ」

「どんな風にですか？」

「第一に、何を考えているかわからない。初めて、カメさんと、彼に会いに行ったことがあるだろう」

「あの時は、まだ、井上の妙な話に対して、半信半疑でした。ビデオで、殺人の指示を与えるなんてことがあるだろうかという疑問もありましたから」

　亀井も、その時のことを、思い出す感じで、いった。

「そうなんだ。私たちは半信半疑で、白石に会いに行った。それにしても、あの男は、狼《ろう》狽《ばい》の色も見せずに、淡々と、われわれに対応したじゃないか。普通なら、バレたかと思って、狼狽する筈《はず》なのにね」

「そういえば、興奮もしていませんでしたね。全体として、警部のいわれる通り、妙に、淡々としていました」

「話し方が、他人事《ひとごと》みたいに聞こえるんだ。そんな感じのする男だよ」

　と、十津川は、いった。

「そうですね。あの男が、ひかり121号の座席に、プラスチック爆弾を仕掛けて、小柳夫婦を吹き飛ばしたなんて、とても考えられません」

亀井も、いう。

「三十代の半《なか》ばといえば、普通、自分の将来に対して、ある程度の基礎が出来ている年頃だよ。それが、出来ていなければ、出来ていないで、焦《あせ》りを感じる頃だと思うんだ。ところが、あの男には、それが感じられない。相変わらず、定職もなく、気ままな毎日を送っている」

「それは、金があるからでしょう。父親の遺産が手に入ったようですし――」

「それなのに、プラスチック爆弾で、ドカンと、中年夫婦を、吹き飛ばしたと思われている」

「淡々としているように見えるのは、表面だけで、何か、激情にかられることがあるのかも知れませんね。もともと、激情家なのに、普段は、それを、じっと抑《おさ》えているんじゃありませんか」

「カメさんは、そう、深読みするか？」

「そうでなければ、警部のいわれるように、プラスチック爆弾で、人間二人を吹き飛ばすことは、出来ないと、思いますね」

「女性に対しても、そうなのかな？」

十津川は、自問するように、いった。

今の白石という男には、それは、感じられない。が、彼が放浪生活を送っていた頃には、激情にかられるようなことがあったのかも知れない。激しく、女性を愛したこともである。それが、激しい犯罪に結びついたのだろうか。

その白石が、カメラを下げて、旅行に出かけたという知らせが、彼を見張っていた、西本刑事から入った。

——今、白石の乗ったタクシーを尾行していますが、どうやら、東京駅に向かっているようです。

と、西本は、携帯を通じて、十津川に、いった。

十津川は、腕時計に眼をやった。

午後三時四十分を過ぎたところだった。

「何か起きるかも知れませんね」

と、亀井が、いった。

次に、東京駅に着き、白石が、一六時三五分発岡山行のひかり121号に乗ったという知らせが入った。

自然に、十津川と亀井は、顔を見合わせた。

ひかり121号といえば、小柳夫婦が、爆殺された列車である。

「妙な具合ですね。普通なら、その列車には、乗ろうとしないものだと思いますが」

と、亀井は、いった。

白石が犯人なら、確かに、亀井のいう通り、ひかり121号には、乗りたがらないだろう。

だが、白石は、乗ったのだ。

第四章　ひかり121号の再現

1

西本と日下は、ひかり121号の車内にいた。

今、列車は、新横浜を出たところだった。

二人は、不思議な気持ちで、自由席にいる白石を見つめていた。

警察の推理によれば、小柳夫婦を、この列車の中で、爆殺した犯人は、今、カメラを手に、列車に乗っている男に違いないのだ。

十津川は、そう考えているし、西本と、日下も、そう考えている。

ただ、証拠がない。だから、手を出さずにいたのだが、その容疑者が、今度は、自分の方から勝手に、奇妙な動きを見せ始めたのだ。

わざわざ、疑われるような行動に出た。犯行現場の、ひかり121号に、乗ったのだ。

そして、１２１号が、新横浜に着いた時、白石は、ホームに降りて、写真を撮《と》りまくった。

その写真は、あのビデオに似ている。問題のビデオには、まず、新横浜駅が、映《うつ》っていた。

ビデオとカメラの違いはあるが、白石は、今日、同じ場所と、場面を撮っている。何のために、そんなことをしているのだろうか？

西本は、携帯電話で、十津川に、連絡を取った。

「まるで、白石の態度は、事件を捜査する刑事みたいです」

――刑事？

十津川の声が、当然、高くなる。

――何だ？　それは。

「白石は、１２１号に乗ると、まず、カメラで、車内、特に、グリーンの８号車を、写し廻り、新横浜に着くと、ホームに降りて、写真を撮りました。あのビデオを、なぞっているように思えるのです」

――それで、刑事みたいか。

「そうです。事件が、ひかり１２１号で起きれば、当然、われわれは、１２１号に乗って、調べます。写真も撮ります。同じことを、白石は、やっているんです。どう見ても、それは、犯人の行動じゃありません。刑事の動きです」

――それも、例のビデオどおりに行動しているというわけか？

「いえ。むしろ、そのビデオを、検証しているように見えます」

――検証？

また、十津川の声が、高くなった。

「そうです。これからも、白石の様子を、監視して行きます」

と、西本は、いって、電話を切った。

白石は、時々、車外の景色を、カメラに写していく。

１２１号が、名古屋駅に着いた。

白石が、列車を降りる。明らかに、あのビデオと同じ行動をとっているのだ。

もちろん、西本と日下も、白石を追って、列車を降りた。

白石は、これから、上りの一八時五三分発ひかり９２号に乗って、帰京するのだろう。

あのビデオと、同じように。

西本と日下は、上りのホームで、遠くから、白石を眺めていた。

白石は、上りホームを、カメラで、写している。あくまで、ビデオと同じことをするつもりなのだ。

やがて、上りのひかり92号が入って来た。

白石が、乗り込み、離れた車両から、西本と日下も、乗り込んだ。

列車が動き出す。

西本は、再び、十津川に、携帯をかけた。

「予想どおり、白石は、名古屋から上りの列車に乗りました。東京に向かっています」

——あのビデオのとおりか？

「そうです。ビデオのとおりともいえますし、九月二十日に、犯人がとったと思われる行動を、なぞっているようにも見えます」

と、西本は、いった。

——わからないな。なぜ、白石が、そんなことをしているんだ？

「私にもわかりません」

——白石は、キョロキョロ周囲を見廻しているか？

「そんな気配は、全《まった》くありません。写真は、沢山《たくさん》撮っていますが」

——沢山撮っているのか？

「そうです。もう、五、六本は、フィルムを交換していると思います。普通のカメラで、ビデオと同じように撮ろうとすれば、何枚も写さなければなりませんから、当然ですが」

と、西本はいった。

2

十津川の顔に困惑の色が、浮かんでいた。

白石の行動が、全く不可解なのだ。意味が、わからない。

「われわれに対する牽制《けんせい》じゃありませんか？」

と、亀井が、いった。

「牽制？」

「そうです。牽制といって悪ければ、デモンストレーションですよ。われわれは、ひかり121号の中での小柳夫婦殺しの犯人と、白石を見ています。当然、白石も、知っている。自分が、マークされているのをです。そこで、われわれに、仕掛けて来たんですよ。マークしているのを知っていて、われわれを混乱させる行動に出たんです。犯人なら、怪《あや》しまれるのを承知で、同じひかり121号に乗る筈《はず》がない。そう思って、警察は頭をひねってしまう。それが、狙《ねら》いだと思いますがね」

「おれは、犯人じゃないというデモンストレーションか」

「そうじゃないかと思うんです。他に、考えようがありませんよ」

亀井が、腹立たしげに、いった。

三時間後、西本と日下の二人が、捜査本部に戻ってきた。

「白石透を、自宅マンションまで見送ってきました。間違いなく、彼は、マンションに帰りました」

西本が、ぶぜんとした顔で、報告した。

「東京駅から、ひかり121号に乗り、名古屋駅まで行った。名古屋からは、上りのひかりで戻ってきた。その間、白石は、車内で、誰かに会ったかね？」

と、十津川は、きいた。

「いえ。誰にも会っていません」

「電話は？　彼は、カメラの他に、携帯電話を持っていたんじゃないのか？」

「ああ。使っていました。車内で、彼の携帯にかかってきて、話していました」

「列車が、どの辺を走っていた時だ？」

「そうですね。新横浜を出てすぐだったと思います。二、三分の短い電話でした。内容は、わかりません」

「他の時間にも、かかってきたかね？」

「そうですね」

と、二人は、考えていたが、今度は、日下が、

「他に、白石が、かけた時が、一回ありました」

「いつだ？」

「ひかり121号を、名古屋で降りて、上りホームで、上りのひかりを待っている時です」

「かけていた時間は？」

「それも、二、三分で、短いものでした」

「どういうことですかね？」

亀井が、首をかしげた。十津川は、腕を組んで、考えていたが、

「白石の他に、誰かが、今日、彼がひかり121号に乗るのを知っていたということだよ」

「三田商会の脇田じゃありませんか？」

と、亀井が、いう。

「なぜ、彼だと思うんだ？」

「われわれは脇田が、ビデオを使って、白石に指示を与え、ひかり121号で、小柳夫婦を殺したと、見ています。いわば、脇田がボスで、白石は、その手足となった殺し屋です。その殺し屋が、マークされたので、脇田が、少し、警察を困らせてやれと、今日の行動をとらせたんじゃありませんかね。だから、自分の指示どおりに動いているかどうか、脇田は、携帯で、確かめ、連絡させたということだと思いますが」

亀井は、いった。話しているうちに、自信を持っていく。そんな話し方だった。

「つまり、今日、白石が話していた携帯電話の相手は、三田商会の脇田ということだね？」

「そうです。他に考えようがありません」

「そして、白石の今日の行動は、警察に対する牽制か」

「そうです。現に、こうして、われわれは、どう解釈すべきか、迷い、悩んでいます。彼《かれ》等《ら》は、もう、半分、成功しているんですよ」

「面白《おもしろ》いな」

十津川は、そんな、いい方をした。彼は、自分の迷いを、そんないい方にして見せたのだ。

今のところ、白石の行動は、十津川にとっても、謎なのだ。亀井は、警察を迷わせるためのデモンストレーションという。面白いが、十津川は、その考えに、簡単には、賛成できなかったのだ。

「白石は、君たちの尾行に、気付いていたか？」

と、十津川は、西本たちに、きいた。

「気付かれていないと、思いますが」

と、西本は、いった。

白石は、車内でも、ホームでも、別に、キョロキョロしてもいないし、不安気《げ》でもなかったというのだ。

結局、白石の目的がわからなかったのだが、それから三日目に、突然、捜査本部に、一通の封書が、送られてきた。

差出人の名前は、ない。

宛名は、「捜査本部御中」で、その文字は、ワープロで打たれていた。

封を切ると、中から五十枚を越える写真が出てきた。

添《そ》えられている文書は一枚もなかった。

十津川と、亀井は、出てきた写真を、机の上に並べているうちに、自然に、苦笑が、浮かんでくるのを止められなかった。

「おい。西本と日下。来てみろ」

と、十津川は、二人の刑事を呼んだ。

「これを見ろ」

とたんに、二人の顔色が変わった。

あの日のひかり121号の車内や、新横浜、名古屋などの駅のホームが写っているのだが、その中に、西本と日下の二人の姿も、他の乗客と一緒に、写ってしまっているのだ。

「畜生！」

と、思わず、西本が、叫び声をあげた。

二人は、白石を、隠れて尾行したつもりだったのに、彼等の方が、いつの間にか、隠し撮りされていたのだ。

西本も、日下も、それに全く、気付かなかったのだろう。

そのことを、二人の刑事は、口惜《くや》しがった。

「白石がかけていた携帯電話の相手は、三田商会の脇田じゃなくて、この写真を撮っていた奴かも知れませんよ」

と、亀井が、十津川に、いった。

「そうか。うまく、撮れているかどうかの打合わせだったのかも知れないな」

十津川も、肯《うなず》いた。

白石は、ひかり121号に乗れば、刑事の尾行がつくと考え、あらかじめ、仲間に、隠しカメラを持って、逆に、刑事を尾行させ、それを写真に撮ったということになる。

「われわれの負けですよ」

と、亀井が、いった。

「気がつきませんでした。申しわけありません」

西本と、日下が、こもごも、十津川に、頭を下げた。

「そんなことは、どうってことないさ。私が、白石だって、刑事の尾行がつくことは、予想できるからね」

十津川は、二人の刑事に笑って見せた。

「それにしても、こんな写真を送りつけてくるというのは、どういう神経をしているんですかね」

亀井が、眉をひそめた。

「多分、警察を、からかってやろうという気なんだろう」

「自分の方が、頭がいいんだぞと、いいたいんですかね?」

「それもあるだろうね」

「まさか、自分は、無実だとでもいう気じゃないでしょうね」

「無実？」

「そうです。シロだから、自分でも、調べているんだとでも、いう気なのか」

「それは考えられないよ。九月二十日の殺人事件について、彼が、それを指示するビデオを、三田商会から受け取っていることは、間違いないんだから」

「そうなんですが、それを考えると、ますます、白石の行動が、謎になってきますね。なぜあんなことをしたのか」

「つまり、警察に対する嫌《いや》がらせという線が、強いということになるんじゃないか」

十津川は、写真を見ながら、いった。

「どうしますか、白石を呼んで、脅《おど》してやりますか？」

西本が、腹立たしげに、いった。

「何といって、脅すんだ？」

十津川が、きく。

「なめた真似《まね》はするなと、いってやりますよ。このままでは、我慢ができません」

「しかし、白石が、この写真のことは、ぜんぜん知らないといったら、どうするんだ？

彼が、送ったという証拠は、何もないんだ」

　と、十津川は、いった。

「封筒や、写真に、白石の指紋がついているんじゃありませんか？」

「一応、調べてみよう」

　と、十津川は、いった。

　鑑識を呼び、指紋の採取を、頼んだ。鑑識は、封筒と、数枚の写真に、当たっていたが、

「これに、素手で、触《さわ》りましたか？」

　と、十津川に、きいた。

「いや、手袋をはめて、扱っているよ」

「写真から指紋は、出ませんね。向こうも、指紋がつかないようにしているんです。封筒には、ついていますが、写真には、ないんです。封筒の方は、多分、郵便配達のものだと思いますよ」

　と、鑑識はいった。

　それでも、その指紋を、ひそかに採《と》ってあった白石の指紋と照合した。が、予想したとおり、一つも、一致しなかった。

五十三枚の写真のことは、記者発表はしなかった。

尾行しているところを、写真に撮られ、それに気付かなかったというのは、決して、自慢になることではなかったからである。下手《へた》をすれば、強い批判を浴びかねない。

従って、捜査本部の気勢が、そがれたことは否定できなかった。

捜査そのものも、壁にぶつかってしまった。

3

二つの事件に使われたプラスチック爆弾の入手経路が、いぜんとして、つかめない。

三田商会の脇田か、東京の白石が、何処《どこ》からか、何らかのルートで、手に入れたに違いないと思うのだが、その方法が、わからないのである。

もう一つ、捜査の途中で、小笠原欽也という名前が浮かんできて、十津川を、当惑させている。

プラスチック爆弾なら、むしろ、脇田や、白石より、この男の方が、近い存在なのだが、事件に、どう関係しているのか、わからないのだ。

最初は、簡単に見えた事件だった。

十年目の復讐。その一言《ひとこと》で、説明できる事件に思えたのである。

十津川たちも、その線で、捜査を進めていった。

だが、捜査が、進展しない。

その上、ここへ持ってきて、警察を、からかうような出来事が、起きてしまった。

十津川は、黒板に、五十三枚の写真を、ずらりと、貼《は》りつけて、それを睨《にら》むことが多くなった。

「そんなに見ていて、むかつきませんか？」

亀井が、そんなことをいう。

「むかつくよ。写真に写っている西本や日下の姿は、滑稽《こっけい》だからな」

と、十津川も、いった。

二人一緒に写っている写真もあれば、一人しか写っていない写真もある。

身体を隠すようにして、白石を、見張っているのだが、その恰好《かっこう》さえ、滑稽に見えてしまうのだ。譬《たと》えは悪いが、頭かくして尻かくさず、というやつである。

「この三枚だがね」

と、十津川は、五十三枚の中の三枚の横に、チョークで、印をつけた。

「これにだけは、西本も、日下も、写っていないんだ」

「そうですね。気がつきませんでした。全部に、西本と日下のどちらかは、写っていると、思いましたが」

と、亀井が、肯いた。

「どう思うね？」

「その三枚にも、白石は、写っていますから、多分、この写真を撮ったカメラマンが、シャッターを切る瞬間に、西本と日下が、レンズの外に、外《はず》れてしまったんだと思いますよ」

「だが、白石は、写っている」

「ですから、カメラマンが、西本と日下だけを撮ったのでは、警察に対する嫌がらせにはならない。白石を尾行し、監視しているところを、写さなければならないと思っていた筈です。それで、一緒に入れようと、そのチャンスばかり狙っていたので、この三枚は、かえって、失敗してしまったんだと思いますね」

「なるほどね」

と、十津川は、肯いたが、

「それなら、なぜ、この三枚を、除外して送って来なかったんだろう？」

「それはですね。五十三枚の写真は、一つの流れになっています」

「そのとおりだ。東京駅での出発から、一つの流れで、撮っている。当然のことだよ」

「そうなると、もし、西本と日下の写っていない三枚を、除外してしまうと、流れに、間があいてしまう。向こうは、ずっと、西本たちを監視していたぞといいたいので、二人が写っていないショットも、一緒に送りつけて来たんだと思いますね」

「――」

十津川は、黙って、もう一度、五十三枚の写真を、順番に、見ていった。亀井のいうとおりのようにも思えるし、違うようにも思えた。

ひかり121号が、東京駅を出発してから、名古屋着まで。名古屋から、今度は、上りひかり92号に乗り換えて、東京に戻ってきた。

その間、四時間余りである。

その間、白石を、ずっと、西本と日下の二人が、監視し、尾行していた。

その四時間余りの時間に対して、送られて来た写真は五十三枚。

それが、多いか少ないか。

写真を送って来た犯人が、もし、警察をからかい、痛めつけるのが目的なら、最初から最後まで、写真を撮りまくり、それこそ、百枚、二百枚という数で、送りつけてきたのではないか。

そう考えれば、五十三枚という枚数は、少なすぎるのではないか。遠慮しすぎているのではないか。

まさか、フィルムを買う金を、ケチったとは、思えなかった。

(わからないな)

十津川は、ひとりで、呟《つぶや》いた。

この五十三枚の写真を、送りつけてきたのは、白石透とみていいだろう。

白石以外に、考えようがないのだ。

彼は、自分が、警察にマークされていることを、よく知っていた。

だから、自分が、動けば、刑事に尾行されることも、承知していたに違いない。ここまでは、子供でもわかる。

そこで、白石は、カメラマンを傭《やと》った。カメラで、隠し撮りが出来るようにして、仕事を頼んだ。自分が、ひかり121号に乗れば、必ず、刑事が、尾行してくる。その刑事を、隠し撮りしてくれとである。

ただ、カメラマンは、刑事の顔を知らない。そこで、白石は、携帯で、西本と日下のことを、教えたのだ。

つまり白石は、最初から、西本と日下のことに、気付いていたということである。

ここまでも、納得できる。自分を尾行する人間に、人間は、敏感なものだ。

西本と日下が、最初から気付かれていたとしても、二人を、叱《しか》る気にはなれない。ただ、白石を甘く見ていたということで、これは、十津川にも、責任がある。

だが、その先が、わからない。

それは、白石透の目的だった。

（警察をからかってやろうと思ったに違いない）

と、亀井は、いった。

十津川も、そうかも知れないと思った。だが、「しかし――」とも思うのだ。

白石は、殺人容疑で、警察にマークされているのだ。

そんな男に、警察をからかうような余裕があるだろうか？

（では、他に、どんな理由があるだろうか？）

その疑問への答えが、見つからない。

（こんなことをして、白石に、どんな得《とく》があるのだろうか？）

という疑問でもある。

警察が、いよいよ、怪しく思うだけではないのか？

五十三枚の写真を見て、十津川も、亀井も、決して白石が、シロだなどとは思わない。

反感を持っただけである。写真に撮られた西本と日下にしてみれば、猶更《なおさら》だ。

(まさか、白石以外の人間が、やったことではないだろう)

とも、思う。

そんなことは、考えようがないのだ。

迷った末に、十津川は、亀井に、

「白石に、会ってみよう」

「自分が、警察に送ったなんて、認める筈がありませんよ」

「とにかく、白石の表情を見てみたいんだ」

と、十津川は、いった。


二人は、白石に会いに、彼のマンションに出かけた。

白石の監視は、西本と日下の二人に委《まか》せていたので、十津川自身が、会うのは、久しぶりだった。

白石は、落ち着いていた。ひとりの部屋で、十津川たちを迎え、コーヒーをいれてくれた。十津川が、遠慮すると、白石は、笑って、

「僕が、飲みたいんですす」

と、いった。

十津川は、有難《ありがた》く、そのコーヒーを口に運んでから、五十三枚の写真を、封筒と一緒に、白石の前に置いた。

白石は、首をかしげて、

「僕が、写っていますが、何ですか？　これは」

やはり、自分が、送ったとは、いわなかった。

「何だと思います」

十津川は、相手の顔色を窺《うかが》いながら、きき返した。

「ここに写っているのは、刑事さんですね。ああ僕を、見張っている刑事さんだ。名前は、知りませんがね」

白石は、笑った。案《あん》の定《じょう》、西本と日下の二人を、知っていたのだ。

十津川が、黙っていると、白石が、続けて、

「僕が、ひかり121号に乗って、名古屋まで行って、戻って来たときですよ。刑事さんは、僕を、尾行していたんだ」

「何しに、行ったんだ？」

亀井が、きいた。

「気まぐれですよ」

「気まぐれ？　君は、気まぐれで、列車に乗るのかね？　それも、ただ名古屋まで行って、引き返してくるのか？」

「列車が、好きなんですよ」

「ひかり121号にしたのは？」

「一番乗り易《やす》い時間帯の新幹線だったからですよ」

「ふざけるな！」

思わず、亀井が、怒鳴《どな》った。が、白石は、あくまで、冷静な顔で、

「別に、ふざけていませんよ」

「じゃあ、何なんだ？」

「ふざけてるのは、刑事さんの方じゃありませんか？　僕が、ひかり121号に乗った理由については、いろいろと、考えておられるんでしょう？　それをぶつけたらいいじゃありませんか？　それを、写真を見せて、僕の反応を見る。そのやり方の方が、僕から見れば、からかわれているとしか思えないんですよ」

「これは、私たちが悪かった」

十津川は、あっさりと、いって、

「昨日、この五十三枚の写真が、突然、捜査本部に、送られてきたんですよ。差出人の名前もない。そして、君が、ひかり121号に乗って、カメラで、写真を撮っているところが、写っていた。君のいうように、尾行するうちの二人の刑事も、写っている。私は、君が、送りつけて来たんだと思った。しかし、理由がわからない」

「僕が、送ったという証拠が、あるんですか？」

「ない。君の指紋も、検出されませんでしたからね」

「じゃあ、僕じゃありませんよ。第一、僕が、なぜ、こんな写真を、警察に送るんですか？」

白石が、きいた。

「考えたのは、警察をからかってやろうと思ったんじゃないかということですよ。刑事が尾行しているなんて、ちゃんと、知っているんだぞと、いって、警察をからかう。違うんですか？」

十津川が、きき返した。

「なるほど。警察は、そう考えるんですか？」

「違うんですか？」

「僕には、わかりませんよ。僕が、送ったわけじゃありませんから」

白石が、逃げる。

「お互いに、正直に、話す筈じゃなかったんですか？」

十津川が、皮肉を、いった。

「だから、正直にいっています。写真を送られたのは、警察でしょう。それなら、警察は、それをどう考えるか、どう受け止めるか、頭をひねって下さいよ。そして、事件を早く解決して下さい」

白石は、ニコリともしないで、いった。

十津川は、収穫があったような、なかったような、複雑な気分で、捜査本部に戻った。

「若いくせに、したたかな奴です」

亀井が、ぶぜんとした顔で、いった。

「そうだね。顔色を見に行って、逆に見られたみたいなものだ」

十津川も、苦笑した。

「警部も、そう思われましたか」

「だが、写真を送りつけてきたのは、白石透だという確信をあらたにしたよ。それが収穫といえば、いえると思っている」

「しかし、予想どおり、覚えはないと、否定しましたね」

「ああ。そのとおりだ」

「それに、やっぱり、写真は、われわれをからかうために送ってきたんじゃありませんか。われわれが、写真を持って、訪ねて行ったので、余計、白石は、嬉《うれ》しかったのかも知れませんよ。警察が、あわてたと思って」

「そこなんだがね」

と、十津川は、いった。

「警部は、別のご意見ですか？」

「今もいったように、今日、白石に会って、彼が写真を送ってきた本人だという確信を持った。ただ、何か、目的を持って、送ってきたんだと思った。それも、ただ、警察を、からかうためだとは、思えなくなったんだよ」

「しかし、どんな目的があったんでしょうか？」

「それが、わからなくて、困っているんだよ」

十津川は、考え込んだ。

白石の顔を、思い出していた。いや、眼だ。あの眼は、（そのくらいのことは、わかってくれよ）

と、いっているように、見えたのだ。

これは、自分だけが、そう感じたのかも知れない。

亀井は、バカにされたと、ひたすら、腹を立てているからだ。

ただ、十津川が、感じたことだけは、まぎれもなく、真実だった。

写真の謎を解《と》くために、白石に会ってみたのに、謎は、更《さら》に、深くなったような気がするのだ。しかも、白石から、それを解いてみろといわれているような気がしている。

（参ったな）

と、思った。

「そんなことを、気にすることは、ありませんよ。全《すべ》て、白石のハッタリなんですから」

亀井は、笑い飛ばした。

「だが、この謎が解けないと、やたらに、気になるんだよ」

と、十津川は、いった。

4

捜査本部は、白石の監視を止《や》めた。また、からかわれたら、かなわないと、考えたのでである。監視するよりも、白石という男について、徹底的に、調べることにしたのだ。

白石と、三田商会の脇田との関係、そして、新しく浮かび上がってきた小笠原との関係である。

ところが、白石の監視を中止したとたんに、彼が、姿を消してしまった。

世田谷区太子堂のマンションから、いなくなった。

誰もが、逃げたと思った。

ひかり121号の殺人事件の容疑者として、警察はマークしていた。だから、逃亡したのだろう、とである。

「家宅捜索しましょう」

と、亀井が、十津川に、いった。

十津川は、迷った。容疑者だが、犯人だという証拠があるわけではない。今の段階で、家宅捜索が、果たして、許されるものだろうかという疑問があったからである。

だが、このまま、手をこまねいていることも出来ない。

家宅捜索の令状を貰《もら》い、それから、十津川は、亀井たちと、白石のマンションに、踏み込んだ。

ひかり121号の事件の直後に、白石に会いに、訪ねているし、写真のことで、会いにも行ったが、詳《くわ》しく、2DKの部屋を見るのは、初めてだった。

三十代の独身の男の部屋で、別に、変わったところはなかった。

奥の寝室に入ると、壁には、風景写真が、何枚か、パネルにして、貼ってある。旅行好きの白石が、自分で、撮ったものらしい。

日本国内だけでなく、外国の写真もある。

管理人は、白石が出かけたのは、知らなかったと、いった。夜のうちに、出かけたのか。

机の引出しを開けてみる。写真のネガが、束《たば》になって入っていた。

「例の写真のネガがあるかどうか、調べてくれ」

と、十津川は、いった。

刑事たちは、厖大《ぼうだい》なネガの束を、一枚ずつ、調べていったが、西本が、

「ありました」

と、声をあげた。

十津川は、それを、一駒《ひとこま》ずつ、すかすようにして、見ていった。

間違いなく、白石が、ひかり121号に乗った写真だった。西本と日下も、写っている。

だが、その数は、五十三枚ではなかった。二百五十枚を越していた。三十六枚撮りで、八本分だ。全部は、送りつけて来なかったのだ。

次に、十津川が、探したのは、ビデオフィルムだった。

あのビデオである。九月二十日の殺人指令と思える、あのビデオテープだ。

ビデオは、百本近く、寝室の棚に入っていた。

外国映画のビデオもあれば、三田商会から送られたと思われるアダルトビデオもあった。

寝室の14インチのテレビが、ビデオデッキ内蔵なので、アダルトビデオだけを、かけてみた。

やはり、その中にあった。

ひかり121号の映像ビデオである。

九月二十日という日付の入った映像だった。

「これで、白石が、小柳夫妻殺しの犯人だということが、はっきりしましたね」

と、亀井が、満足そうに、いった。

「そうらしいな」

十津川は、呟いただけで、部屋の中を、見廻していた。

彼は、本棚に眼をやった。

写真集や、旅行記、国際問題の内幕ものに混じって、十津川の眼に留まった本があった。

『テロの時代は、こうして身を守れ』

小笠原欽也が書いた、あの本である。

十津川は、それを本棚から、抜き出した。表紙を開けると、そこに、「小笠原欽也」のサインがあった。角張った大きなサインだった。

十津川は、そこを開けて、亀井に見せた。

亀井が眼を光らせて、

「これで、二人に関係がついたんじゃありませんか」

「だが、白石は、この本を、古本屋で買ったのかも知れないよ」

と、十津川は、慎重に、いった。

「それでも、白石が、この著者の小笠原欽也に関心があったということは、確かですよ」

それは、いえるかも知れないと、十津川も思う。古本屋で買ったにしろ、興味のない本を買う筈はないのだ。

なおも、刑事たちは、二つの部屋を調べ続けた。

鑑識を呼んで、部屋中の指紋も、採取して貰った。もし、その中に、三田商会の脇田の指紋や、小笠原の指紋があれば、三人は、完全に、結びつくのだ。脇田も、白石が通信販売の客だと主張することは、出来なくなるだろう。

だが、白石が、何処へ行ったかがわかるようなものは、見つからなかった。

十津川たちは、写真のネガと、小笠原の本を押収して、捜査本部に引き揚《あ》げた。

二百八十八枚のネガは、すぐ、焼付けて引き伸ばしに廻された。

それを全部、十津川は、机の上に、順番に並べていった。亀井が、横から、のぞき込む。

「また、わからなくなったよ」

と、十津川は、いった。

「何がです。全部、ひかり121号と、名古屋からの帰りの写真じゃありませんか」

亀井が、簡単に、いう。

「白石は、この二百八十八枚の中から、五十三枚を選んで、われわれに送りつけて来たんだ」

「そうです」

「どんな基準で、五十三枚を選んだのだろう？」

「それはですね――」

と、亀井は、二百八十八枚の写真を、眼をこらすようにして、見ていったが、

「おかしいな」

と、呟いた。

「おかしいだろう」

「西本と日下が、うまく写っている写真だけを、送って来たのかと思ったんですが、違いますね。二人が、はっきり写っているものも、まだ、沢山あるのに、送って来なかったんだ」

「逆に、五十三枚の中には、二人が写っていないものも三枚あったんだ」

「気まぐれじゃありませんか」

と、亀井が、いった。

確かに、一見、気まぐれに、五十三枚を選んだように見える。

「だが、違うな」

十津川は、声に出して、いった。

「違いますか？」

「白石が、警察をからかうつもりか、或《あ》るいは、挑戦的な気持ちで、この五十三枚を、送りつけてきたとしよう。もし、私なら、二百八十八枚全部を、どかっと、送りつける。その方が、圧力が違ってくるからだよ。もう一つ、白石は、殺人容疑で、われわれが、マークしている男なんだ。何度もいうが、当然、彼だって、それを知っている。ふざけているような余裕はない筈なのだ。小柳夫婦に続いて、岡島という青年が殺され、坂本ひろみが、爆殺されている。その容疑だって、自分にかかって来るかも知れないわけだからね」

「と、いうことは、白石が、この五十三枚を選んだのも、ある理由があって、選んだということですか？」

「私は、そう見ているんだがね」

「しかし、いくら見ても、五十三枚と、他の二百三十五枚と、違ったところはありませんよ。白石自身は、殆《ほとん》どの写真に写っていますし、尾行した西本と日下は、写っていたりいなかったりで、それで、選別したのではないことは、もう、はっきりしています」

亀井が、首をかしげた。

「だが、何か理由があるんだよ」

十津川は、頑固《がんこ》に、いった。

「しかし、それが、重要なことでしょうか?」

と、西本が、口を挟《はさ》んだ。

十津川は、困惑した。

「それを聞かれると、困るんだがね。何しろ、私にだって、白石の意図が、はっきりわかっているわけじゃないのだから」

「私は、この写真のことより、白石の行方《ゆくえ》が、気がかりです」

西本が、いう。

「私だって、気になる。君は、白石が、どうしたと思うんだ?」

「彼は、逃げたんですよ」

「逃亡か? それと、この写真は、どう、関係してくるんだ?」

と、亀井が、きく。

「白石は、自分が、どの程度、警察にマークされているか、それを知りたくて、わざと、ひかり121号に乗り、殺人の日と同じ行動をとってみたんじゃありませんかね。そうしたら、私や、日下刑事に、ずっと、尾行された。それで、逃亡する決心をしたのではないかと思うのですよ」

西本が、答えた。

日下が、それに、続けるように、

「私は、写真について、こう考えます。写真を撮った理由は、さっき、西本刑事がいったとおり、さして重要だとは思いませんが、その中の五十三枚を、わざわざ、捜査本部に送りつけてきたのは、ただ、逃亡に際して、警察をまどわせるためではないかと思うのです」

「それは、どういうことだね？」

と、十津川は、きいた。

「とにかく、何かあると、警察を、考えさせてしまえば、それだけで、成功なわけです。それで、撮った写真は、わざと、全部送りつけず、思わせぶりに、五十三枚だけ、送りつけた。われわれを迷わせるためにです」

日下の言葉に、十津川は、苦笑して、

「それで、まんまと、こちらは、考え込んでしまったというわけか」

「逃亡に際して、二百枚を越す写真を、わざと、部屋に放置しておいたんじゃありませんか。普通なら、全て、焼却してから逃げるんじゃないかと、思いますが」

と、日下は、いった。

十津川は、日下の言葉を、そのままには、受け取れなかった。白石が、五十三枚を選んで、送りつけてきたのには、それなりの理由があるという思いは捨て切れないのである。

5

十津川たちは、白石の逃亡先として、まず、大阪地方を考えた。

それは、大阪の十三に、三田商会の脇田がいたからである。脇田の、ビデオテープによる指示で、白石は、ひかり121号で、小柳夫婦を、爆殺したと、考えていた。それなら、逃亡に当たっても、脇田の指示を仰《あお》いでいるのではないかと、考えられた。

そのため、白石が消えた時点で、大阪府警に、連絡を取り、脇田の周辺をマークしてくれるように、頼んであった。

だが、大阪府警からの連絡では、三田商会にも、脇田にも、これといった変化は見られないという返事しか、来なかった。

もちろん、東京からの逃亡を考えた白石が、直接、脇田を訪ねるとは、思えない。そんなことは、白石にとっても、脇田にとっても、自殺行為になるからだ。

脇田が考えた、関西方面の、隠れやすい場所に、白石は、潜伏するだろう。それは、大阪市内かも知れないし、或いは、山陰《さんいん》の辺鄙《へんぴ》な場所かも知れないのだ。

二日間、十津川は、大阪府警からの知らせを待った。

しかし、白石と思われる人物を目撃したという報告は、なかった。

――三田商会にも、社長の脇田にも、これといった動きはありません。

と、大阪府警は、いう。

そして、白石が、姿を消して、三日たった。


その日は、朝から、寒かった。今秋になって、一番の寒さだという。

急に、秋が深くなった感じだった。

東京の奥多摩《おくたま》で、渓流釣りにやってきた三人のグループは、ヤマメを求めて、上流に向かって、山道を登って行った。

その途中、渓流から外れて、山道に入って行ったのだが、そこで、三人は、異様なものに、ぶつかった。

太いクヌギの枝から、ぶら下がっている男の姿だった。

風に吹かれて、男の身体は、小さくゆれていた。それを見た瞬間、三人の眼は、凍りついてしまった。

彼等の一人が、携帯を使って、警察に連絡をとったのは、五、六分してからである。

青梅《おうめ》署から、近くを通る林道をパトカーで、刑事たちがやって来た。

刑事たちは、まず、死体を、地面に下ろし、身元を調べることにした。

男は、ジーンズに、セーター、その上からジャンパー、という軽装で、ジャンパーのポケットから、運転免許証が、見つかった。

その免許証は、本人のもので、白石透という名前と、世田谷の住所が、記入されていた。

そのことが、本庁に連絡され、一時間半後に、十津川たちが、現場に、到着した。

十津川は、困惑していた。彼は、白石が、関西方面に、逃亡したと考え続けていたからである。それが、東京の奥多摩だったということに、戸惑《とまど》っていたのだ。

十津川は、ロープの結んである頭上の枝を見上げた。死体の傍《そば》には、パイプに布を張った簡易チェアが転がっている。この椅子《いす》にのって、首を吊《つ》ったのだろうか。

死体は、眼をかっと開いたままで、鼻血は、乾いて、黒くなっている。

「死後、かなり時間が、たっていますね」

と、検死官の中村《なかむら》が、十津川に、いった。

「どのくらい？」

「少なくとも、二、三日は、たっています」

「――――」

十津川は、黙って、また、頭上を見上げた。ここで死んでいるのも知らずに、必死で、関西方面を探していたことになる。

亀井たちが、白石の所持品を調べた。

免許証の他に、ジャンパーのポケットや、ジーンズの尻ポケットから、財布などが、見つかった。

財布（三万二千円入り）

キーホルダー

腕時計

煙草《たばこ》（マイルドセブン）

百円ライター

こんなところだった。

「少ないな」

と、十津川は、呟いた。

「何がですか？」

「金がさ。キャッシュカードも持っていない。逃亡する気だったとは、とても思えない」

「まっすぐ、ここへやって来て、首を吊ったのかも知れません」

と、亀井が、いう。

「覚悟の自殺か」

「と、いうより、自殺なら、追い詰められてでしょう。ずっと、警察に、監視、尾行されていることを知って、もう逃げられないと思ったんじゃありませんか？」

「これが、他殺だとしたら？」

十津川は、きいた。

「白石が、今いったように、警察に、監視、尾行されているので、共犯者にとって、危険な存在だと、思うようになったんじゃありませんかね。それで、ここへ誘い出し、自殺に見せかけて、殺したということだと思いますね」

「共犯といえば、すぐ、三田商会の脇田を、思い浮かべるんだが、カメさんは、彼がやったと思うかね？」

「これが、他殺なら、そういうことになると思います。その場合、脇田は、共犯というより、主犯になってくると思います」

と、亀井は、いった。

「まず、自殺か、他殺か、それを決めることが、先決だな」

十津川は、自分にいい聞かせるように、いった。

「私は、他殺だと思います」

と、三田村《みたむら》刑事が、ふいに、いった。

十津川は、じろりと、彼に眼をやった。

「どうして、そう思うんだ？」

「煙草です」

「煙草が、どうしたんだ？」

「あたりに、吸殻《すいがら》が、一本も落ちていません」

「それで？」

と、十津川は、先を促《うなが》した。

「人間は、覚悟をしていても、いざ、死ぬという時には、逡巡《しゅんじゅん》があるものだと思うのです。煙草を吸ってみたり、歩き廻ったりするのではないか。ところが、白石は、煙草を持っているのに、ここで、煙草を吸った形跡もないし、歩き廻った形跡もありません。自殺者の心理としては、おかしいと思います」

と、三田村は、いう。

なるほど、クヌギの木の周辺に、煙草の吸殻は、一本も落ちていないし、白石が、歩き廻った形跡もなかった。

死体は、スニーカーをはいているのだが、その靴跡が、あまりないし、ゴムの靴底そのものも、あまり、汚れていない。

「君のいうとおりかも知れないな」

と、十津川は、肯いて、

「私も、難しい問題にぶつかったりすると、どうしても、節煙を心がけているのに、つい、煙草を吸ってしまう。白石の部屋には、何個も灰皿があったし、現に、所持品の中に、マイルドセブンと、ライターがあったから、普段は、煙草を吸っていた筈だ。それが、死に場所を求めてやってきて、一本も、煙草を吸わないのは、不自然だな」

「それでは、他殺ですか」

西本が、せっかちに、いう。

「まだ、決められないよ。確かに、三田村刑事のいうことは、もっともだが、当人の精神状態によって、答えも、違ってくるからね。早急な判断は、危険だ」

と、十津川は、いった。

とにかく、死体は、司法解剖に廻され、それによって、他殺、自殺を、最終的に、判断することにした。

十津川は、白石が、この現場まで、どうやって来たかも、調べることにした。

十津川たちは、捜査本部から、ここまで、パトカーで、やって来た。青梅駅から、歩いたのでは、山道を、二時間近く、歩かなければならない。

もし、白石が、自殺したのなら、ここまで、ひとりで、どうやって、来たのか。彼の車は、マンション近くの駐車場に置いたままだから、青梅駅まで電車で、やって来たのだろう。

駅から、歩いたか、タクシーに乗ったかだろう。或いはバスを利用したか。

バスは、林道まで入って来ないから、途中まで乗って来て、歩いたことになる。

タクシーなら、林道まで、入って来られる。

二時間、歩いたとすると、それにしては、スニーカーの底が、きれいすぎるような気がするのだ。

そこで、刑事たちは、青梅駅に集まるタクシー運転手に、当たってみることにした。

全てのタクシー運転手に当たったのだが、白石と思われる人間を、乗せたという運転手は、いなかった。タクシーには乗らなかったのだ。

と、すると、バスで、途中まで行き、林道を歩いたことになる。自殺とすればである。

刑事たちは、バスの運転手にも当たってみたが、白石を覚えている者は、いなかった。

その頃になると、司法解剖の結果が、出た。

死因は、頸部《けいぶ》圧迫による窒息だが、筋弛緩《きんしかん》剤が、注射されていたことがわかったのだ。

明らかに、他殺だった。まさか、自分で、筋弛緩剤を、注射してから、首を吊る者はいないだろう。

死亡推定時刻は、十月二十一日の午後九時から十時の間、ということだった。

白石が、マンションから消えたと思われるのが、同じ十月二十一日だから、その日のうちに、奥多摩の現場に連れて行かれて、殺されたことになる。

タクシーや、バスに乗らなかったことも、納得できる。犯人が、車で、現地まで運んだのだ。

十津川は、改めて、大阪府警に連絡をとり、三田商会の脇田について、十月二十一日夜のアリバイについて、調べて貰うように、依頼した。

捜査会議も、開かれた。

「白石を殺したのは、共犯者とみていいのかね？」

会議の冒頭で、三上本部長が、質問した。

「今までの事件に関連して殺されたことは、まず、間違いないと思っています」

と、十津川が、答えた。

「理由は、やはり、白石が、警察に、マークされているので、共犯者が、彼が口を割るのを恐れたからと見ていいのか？」

「そう思います」

「その共犯者は、三田商会の脇田かね？」

「今、考えられるのは、脇田しかいませんが――」

十津川が、語尾を濁した。

「他にも、いるということかね？」

「例の写真のことがあります。あれは、ひかり121号に乗った西本と日下の二人を、写真に撮られたわけですが、当然、撮った人間がいるわけです」

「それが、三田商会の脇田ということは、考えられないか？」

「それは、あり得ません。脇田の顔は、西本も日下も、写真で、知っています。もし、ひかり121号の車内や、駅のホームで、二人が見かけていれば、すぐ、気がつく筈です。そうなると、白石と、脇田の共犯関係が、証明されることになるわけで、それは、脇田も、白石も、もっとも、避けたいことの筈です。ですから、そんな危険なことはしないと思います」

「三人目の人間が、いたということになるわけかね？」

「そうです。ただ、男か女かも、わかりません」

と、十津川は、いった。

「白石は、どんな状況で、奥多摩の現場まで、連れて行かれたと、考えているのかね？」

「白石のマンションの部屋には、争った形跡はありませんでした。それに、財布や煙草などを持ち、普段着だったことから見て、呼び出されたのだと思います。殺されるとは、思っていなかった筈です。そのあと、車に乗せられ、奥多摩へ運ばれたのだと見ています。途中で、暴れたので、筋弛緩剤を注射されたのではないでしょうか」

「すると、犯人は、ひとりじゃないな？」

「そうですね。私は、複数だと、見ています」

と、十津川は、いった。

会議の途中で、大阪府警から、電話連絡が、入った。

三田商会社長の脇田について、十月二十一日夜のアリバイを調べたところ、はっきりしたアリバイが証明されたという回答だった。

三田商会は、十月二十一日も開いており、社長の脇田は、午前十時から、会社にいた。午後六時には、同業者二人と、夕食をとり、そのあと、大阪ミナミのクラブで看板まで飲んでいたことがわかったというのである。

そのクラブの名前は「R」。ママも、ホステスも、脇田が、他の二人と午後八時から十二時まで、飲んでいたと証言したという。

白石を殺した犯人は、脇田ではなかったのだ。

第五章　早すぎたダイイングメッセージ

1

白石は、なぜ、誰に殺されたのか？

十津川は、考え続けた。それは、今回の連続殺人事件の中で、白石が、どんな役割をつとめてきたのかという疑問でもあった。

小柳夫婦が、新幹線の車内で、爆殺されたとき、十津川は、白石が犯人だと考えた。理由は、井上がダビングしたというビデオにある。

小柳夫婦とは、何の関係もない井上が、あんなビデオを、でっちあげることは、とても考えられなかった。

従って、白石が、大阪の三田商会の社長、脇田三郎の指令を受けて、ひかり121号に乗り込み、小柳夫婦を、プラスチック爆弾で殺したのだと、確信した。

白石には、アリバイはなかった。

だが、その白石が、殺されたとなると、十津川の確信が、嫌《いや》でも、崩れてくるのだ。

白石は、小柳夫婦殺しの犯人ではないのではないかという疑問が、代わりに、わいてくるのである。

「しかし、白石が、犯人ではないとすると、あのビデオは、どうなるんですか？」

と、亀井が、いった。

「それに、白石には、あの爆殺事件について、はっきりしたアリバイがありません」

「わかっているよ」

「あのビデオは、明らかに、ひかり121号の事件を、予告したものです。あのビデオどおりに、犯人は、行動していますから」

亀井が、力を籠《こ》めて、いった。

「カメさんは、やはり、白石が犯人だと思うのか？」

「少なくとも、小柳夫婦殺しは、白石だと信じています」

「そうだとすると、その白石が、殺されたことは、どう考えるのかね？」

「仲間割れではないかと、考えています」

「しかし、三田商会の脇田には、白石殺しについて、アリバイがあるよ」

「ですから、私は、小笠原欽也の名前を考えているのです」

と、亀井は、いった。

「なるほど。小笠原欽也か」

「そうです。この際、彼のことを、徹底的に調べてみたいと、思うのです」

「それは、私も、必要だと思っているが、その前に、例の五十三枚の写真を、この際、どう考えたらいいのかと、思っているのだがね」

と、十津川は、いった。

「あれは、われわれ警察に対する挑戦、嫌がらせじゃないんですか？」

「今までは、そう考えていたんだが、白石が、殺されたとなると、別の考えもあるんじゃないかと、思えてくるんだよ」

「どんな風にですか？」

亀井が、首をかしげる。

「白石が生きているときは、あの写真は、私も、警察への挑戦、嫌がらせと考えていた。しかし、その白石が、殺されたとなると、ひょっとすると、五十三枚の写真は、彼の遺書ではなかったのかと、思えてくるんだよ」

と、十津川は、いった。

「遺書ですか」

「或《あ》るいは、ダイイングメッセージ」

「しかし、写真は殺される前に、届けられていますが」

「だから、早すぎたダイイングメッセージだよ」

「早すぎた──ですか」

と、亀井は、呟《つぶや》いてから、

「そういえば、警部は、あの五十三枚の写真を見ていると、白石が、『なぜ、わかってくれないのか』といっているように見えると、いわれたことがありましたね」

「そうなんだ。今は、もっと強く、それを感じているんだよ。白石は、あの五十三枚の写真で、何かを訴えようとしていたんじゃないか。もし、そうだとしたら、われわれが、みすみす、白石を、殺してしまったことになる」

「しかし、もし、白石が、何かを訴えたかったのなら、なぜ、われわれが、会いに行ったとき、何もいってくれなかったんですかね？　それどころか、あの五十三枚の写真を送ったのは、自分じゃないと、否定したんですよ」

亀井が、腹立たしげに、いった。

「それは、私は、こう考えている。白石は、一連の事件について、全《まった》くのシロではない。

だから、正直に話せなかったのだとね。それに、自分が殺されるとは、考えていなかったんじゃないかね」

十津川は、喋《しゃべ》りながら、内心、苦笑していた。亀井に対して、白石の弁護をしている感じだったからである。

「それで、警部は、五十三枚の写真を、どう考えたんですか？」

と、亀井が、きいた。

十津川は、黙って、五十三枚の写真を取り出して、机の上に並べていく。

そのあと、今度は、白石の部屋で見つかった二百枚を越す写真のうち、五十三枚以外のものを、並べていった。おかげで、机の上は、写真だらけになった。それでも足らずに、亀井の机の上にも、並べた。

「さて、五十三枚の写真と、残りの写真の何処《どこ》が違うか、見ていこう」

と、十津川は、いった。

「特に、変わった点はありませんよ。全部の写真が、白石が、ひかり１２１号に乗って、あのビデオどおりに動いているもので、それを尾行している西本と、日下も、写っています。警察の屈辱の写真ですよ」

「いや、待ってくれよ」

「何です？」

「他の乗客も、写っている」

「そりゃあ、写っています。新幹線の一列車には、千人近い乗客が乗りますから」

「五十三枚にだけ写っている乗客がいるかどうか調べてみたい」

と、十津川は、いった。

十津川と、亀井の二人は、五十三枚と、他の二百枚余とを比《くら》べながら、調べていった。

眼が、痛くなってくる。

少しずつ、二人の刑事の表情が、変わってきた。

「警部のいう通りですよ」

と、亀井が、興奮した声を出した。

男と女、二人の乗客を、ピックアップした。

男は、三十五、六歳だろう。女は、三十歳前後といったところか。

二人が、一つの写真に一緒に写っているものもあれば、離れて別々に写っているものもある。

五十三枚の写真には、その男女が、必ず、写っているのだ。

残りの二百枚余の写真には、その男女は、写っていない。

それが、五十三枚と、その他の写真との明確な違いだった。

白石は、明らかに、この二人が、写っているものだけを、捜査本部に、送りつけてきたのだ。他の要素もないかと、念を押して、何度も、見返したが、発見できなかった。

「これは、どういうことなんですかね？」

亀井が、首をひねる。

「白石は、ひかり121号に乗って、事件のときの動きを、なぞった。それを、うちの西本と、日下の二人が監視したんだが、他にも、この男女が、見張っていたということだよ。この五十三枚以外には、この男女は、写っていないが、多分、たまたま、レンズの中に入っていないだけで、白石は、写真を撮った人間と二人で、ずっと、逆に監視していたんだと思うよ。白石は、ひかり121号に乗れば、それを監視する人間が現われるだろうと思って、カメラマンに頼んだんだと思うが、それは、われわれ刑事じゃなかったということだったんだ」

十津川は、問題の男女の写真を、じっと、見すえた。

「この男女は、いったい何者なんでしょうか？」

「それを、われわれに、調べて貰《もら》いたくて、五十三枚の写真を選んで、白石は、われわれに、送りつけて来たんだと思うよ」

「白石は、知らなかったということですか？」

「彼は、刑事以外に、自分を、監視してる人間がいることは、気付いていたんだと思う。その人間を、引きずり出したくて、白石は、わざわざ、ひかり121号に乗ったんだ。警察の心証を悪くするのを覚悟でね。彼の予想どおり、尾行され、監視された。白石は、やはりと思ったんじゃないか」

「そのために、殺されたということになりますか？」

と、亀井が、きく。

「多分ね。この男女は、白石を尾行し、監視しているうちに、気付いたんだと思う。自分たちが、引きずり出され、逆に、監視されたということをだよ。この二人か、或いは、彼《かれ》等《ら》に、白石を監視させた人間かが、白石の口を封じてしまえと、考えたんだろうね」

「白石と、この二人は、どんな関係なんでしょうか？　警部は、どう思われますか？」

亀井が、十津川の意見を求める。十津川は、正直に、

「私にも、わからないよ。初めて、写真で見た顔だからね。ただ、さまざまに、想像することだけは出来る」

「どんな風にですか？」

「もし、白石が、小柳夫婦殺しの犯人でなければ、この二人が、真犯人ということにな

る」

「それは、考えられませんが」

「どうしてだ？」

「もし、白石が、犯人でないとなると、例の、井上がダビングしたビデオは、どういうことになるんでしょうか？　それに、無実なら、なぜ、それを、われわれに、訴えようとしなかったんでしょうか？」

と、亀井が、いう。

「今の段階では、私にも、わからないよ。明らかにしなければならないのは、白石、脇田、小笠原三人の関係だと思う。この三人が、何処で出会って、どんな関係だったのか。三人が、海外で、出会った可能性は、大いにあり得るんだ」

「それは、考えられます」

「海外でも、ただ単に、旅行中に、出会ったというだけじゃないと思う」

「十年前に、もし、三人が、会っていたとすると、皆、若いですね。小笠原は、三十歳。白石は二十五歳。脇田も、二十五歳です。海外で、無茶をしたことは、十分に考えられます。冒険を求めて」

「小笠原が、書いた本には、中東で、日本赤軍に出会って、一緒に戦ったとか、アフリカの紛争地帯で、爆薬の専門家として、傭《やと》われたとか、威勢のいいことが書いてあるが、彼は、別にちゃんとした政治信条があったとは思われない。多分、金を貰って、動いたんだろう。当時、白石は、ただ退屈さを、まぎらせるために、わざと、危険を求めて、世界の紛争地帯を歩き廻っていたのかも知れない。脇田は、借金取りに追われて、海外へ逃げ出したから、きっと、金のために、小笠原の仕事を、手伝ったんじゃないか」

「小笠原欽也の経歴は、わかりますか？」

「簡単なことは、聞いている。K大学では、化学を専攻し、卒業後、自衛隊に入り、爆発物処理班で働いていたが、爆薬を持ち出して、暴力団に売り渡した罪で、懲戒免職になっている」

「その縁で、関西の暴力団と関係が出来たわけですね」

「小笠原は、その後、一人で政治結社を作ったんだが、その後ホステスの坂本ひろみと組んで、脇田たちを欺《だま》し、金を奪った。それが、問題になると、海外へ逃げ出して、中東の紛争地帯で、爆発物の知識を売り込んだというわけだ。彼は、そこで、爆発物の専門家としての腕をみがき、同時に、プラスチック爆弾などの入手ルートを作ったんじゃないかと、私は、思っているんだ」

と、十津川は、いった。

「三人が、仲間だったとすると、脇田は、小笠原の仕事を手伝うことで、金を入手し、白石は、冒険心を満足させていたということになりますね」

「そして、彼等は帰国し、いつの間にか、小笠原は政治家秘書になり、脇田は、大阪で三田商会の社長になり、白石は、フリーターになって、退屈な毎日を過ごすようになった」

「しかし、それが、今回の事件と、どう関係してくるんでしょうか？」

亀井が、眉をひそめる。それが、わからなければ、小笠原、脇田、白石の三人が、十年前、海外で出会っていたとしても、捜査の参考にはならないのだ。

「一つずつ考えていこう」

と、十津川は、いった。

「何からですか？」

「まず、脇田だ。彼は、十年前、仲間二人と、三星商事というリサイクルの店を出していたが、サギにあい、借金を作り、海外へ逃げ出した。が、その間に、仲間二人、仁村と、森は、金欲しさに、小柳夫婦の店の放火を引き受けたが、焼死してしまった。脇田は、帰国すると、貯《た》めた金で、大阪で、三田商会を作った。彼は、仲間の二人が、四国で焼死したことを知っていた筈《はず》だ」

「それで、脇田は、小柳夫婦に、復讐することにしたわけですか？　しかし、なぜ、自分で、やらずに、白石にやらせたんでしょう？　犯行の指示だけを出して」

亀井が、当然の疑問を口にした。

「私にも、わからない。しかし、犯行に使われたプラスチック爆弾が、小笠原が用意したものだということは、まず、間違いないと、思うね」

と、十津川は、いった。

「次の坂本ひろみ殺しは、どう考えられますか？」

「彼女を殺す爆薬も、小笠原が用意したものだろう。ただ、この殺人には、白石は関係していない。完全なアリバイがあるからね」

「じゃあ、犯人は、誰ですか？　脇田のアリバイは工作ですか？　それとも、小笠原ですか？」

「動機の面から見てみようじゃないか」

「動機なら、脇田には、ありますよ。十年前、小笠原と、坂本ひろみの二人に欺されて、借金を作り、店を手放した。それが、仲間の仁村と森を、焼死させることにもなったわけですからね」

「そうだ。脇田には、小柳夫婦殺しにも、坂本ひろみ殺しについても、動機がある。だから、われわれは、脇田が主犯で、白石は、何か理由があって、殺人を手伝ったのではないかと、最初考えた。金を貰ったか、白石自身にも、小柳夫婦や、坂本ひろみを恨《うら》む理由があるのだろうとね。ところが、それが、なかなか見つからなかった」

「そうです」

「その上、十年前の恨みを、今になって、殺人で、晴らすだろうかという疑問が、わいてきた。その疑問を提示したのは、カメさんだよ」

「ええ、私です。とにかく、十年前です。それに、脇田自身が、十年前に、ひどい目にあったわけじゃありません。借金を作って、十年前、彼等三人は、ばらばらになりました。そのうちの仁村と森の二人が、勝手に、四国へ行き、焼死してしまったのです。脇田は、確かに、悲しんだでしょうし、腹も立てたでしょうが、それで、小柳夫婦を殺すほどの恨みを持ったかどうか。むしろ、坂本ひろみへの恨みの方が、強かったと思うのです」

「カメさんのいう通りだと、私も思うが、次に、小笠原欽也について、考えてみよう。彼の動機だ」

と、十津川は、いった。

「彼が、小柳夫婦を恨んでいたとは、とても思えません。今のところ、接点は、見つかりませんから」

「そうだな。小柳夫婦を殺す動機はないとしよう。次は、坂本ひろみ殺しの方だ」

「これは、十分に、動機がありますよ。小笠原は、参院議員香取英太郎の秘書で、病気の香取に代わって、その地盤を引きついで、選挙に出る気でいるわけでしょう。爆薬と、テロに詳《くわ》しいことは、その時に、マイナスにはならないと思います。いろいろと、事件が起きてる現代社会では、プラスに働くと思います。危機管理能力という点です。ただ、坂本ひろみの存在は、危険です。彼女と組んで、手形サギをやった。証拠はなくとも、彼女が、喋ったら、選挙には、勝てないでしょう。だから、選挙を前に、彼女の口封じをする必要を感じたとしても、おかしくはありません」

「同感だ。小笠原は、坂本ひろみの口を封じる必要があった。ひろみが、金に執着があることは、店のホステスも大阪時代の店のママも、証言している。小笠原が、選挙に出ると知って、彼をゆすったとしても、おかしくはない。彼女にとって、金儲《もう》けのチャンスだからね。もし、ゆすられていたとすれば、小笠原にとって、十年前の恨みなどではなく、現在の問題だった筈だ。ただ、坂本ひろみを、殺したりすれば、自分が、疑われることは、小笠原にもわかっていたと思う。だから、坂本ひろみを消す前に、一つのクッションを入れた」

「それが、小柳夫婦殺しですか？」

亀井が、きく。

「そう。小柳夫婦を、ひかり121号の車内で、爆殺する。小笠原と小柳夫婦とは、直接の接点は、何もない。そして、次に、本命の坂本ひろみを殺す。同じプラスチック爆弾でだ。警察は、同一犯と考えるだろう。多分、小笠原は、そう考えたと思う」

「確かに、われわれは、同一犯人と考えました」

「岡島多加志殺しは、きっと、予定外の殺しだったと思うね。井上が、配達されるビデオを、ダビングしてしまったのも、予定外だった筈だ。そのために、岡島多加志まで、殺さなければならなくなったのだからね」

「もし、井上が、ビデオをダビングしなかったら、どういうことになっていたでしょうか?」

と、亀井が、きいた。

「そうだな。小柳夫婦殺しを、われわれは、愛知県警に協力して調べ、小柳夫婦の四国のうどん屋が、十年前全焼し、その焼跡から、二人の男の焼死体が見つかった事件に、辿《たど》りつく筈だ。そして、いつか、三田商会の脇田を見つけるかもしれない。だが、彼には、アリバイがある。そして、次に、坂本ひろみが、同じプラスチック爆弾で、殺されるが、われわれは、同一犯人説を捨てられないから、脇田を追いかけて、混乱することになったに違いない」

「しかし、井上が、悪戯心《いたずら》を起こして、ビデオをダビングして見てしまい、それを、警察に知らせたわけですね」

「おかげで、われわれは、いち早く、大阪の三田商会の脇田三郎に辿りつけたわけだよ。十年前の事件も、すぐ知ることが出来て、脇田が、動機を持っていることも知った」

「そうです。井上の悪戯のおかげで、白石の存在も、知ったわけですよ。もし、井上が、悪戯心を起こさなければ、白石の存在には、気付かなかったと思います。脇田は、白石のことも、指令ととれるビデオのことも、いわなかったでしょうからね」

「そうだな。われわれは、白石の存在がわからず、脇田には、アリバイがあるので、今よりもっと、困惑していただろうと思うね」

「と、すると、井上という青年の悪戯心は、われわれにとって、幸運だったわけですね」

「しかし、井上が、ビデオをダビングするようなことをしなければ、彼の友人の岡島も、殺されずにすんでいたんだ。その点で、井上の行為は、許せない」

十津川は、厳しい調子で、いった。

「問題は、小笠原、脇田、それに、白石の三人が海外で、出会っていたという証拠ですね。それがないと、われわれの推理も、空論に終わってしまいます」

と、亀井は、いった。

その通りなのだ。しかし、どうしたら、三人が、海外で、出会っていたと、証明できるだろうか？

2

十津川は、小笠原欽也の書いた本を、調べることにした。

小笠原は、〈テロの時代は、こうして身を守れ〉を書いているが、十津川は、すでに、この本には、眼を通している。

十津川は、彼が、他にも本を書いていないか、調べた。現在は「テロの時代」と、いわれている。世界各地で、大使館が襲われ、日本国内でも、毒物を使った、大量殺人が、起きている。それに合わせるように、小笠原は、他にも、二冊の本を出していた。

『危機管理としてのテロ対策』

『私は、危険が好きだ』

の二冊である。

十津川は、国会図書館に行って、この二冊に眼を通してみた。

『危機管理としてのテロ対策』の方は、彼が、自分を偉く見せようとして、書いているので、面白《おもしろ》くなかった。引用が多く、まるで、選挙目当ての論文だった。

それに比べて、『私は、危険が好きだ』の方は、気ままに書いているので、面白かった。嘘《うそ》と、真実が、半々といった感じで、小笠原自身が、はしゃいでいるのがわかる感じだった。

子供の頃は、悪ガキで、だが、弱い者いじめだけは、しなかったとある。自衛隊の爆発物処理班を辞《や》めたのも、理不尽なことを要求する上司を殴《なぐ》ったからだと書いてあるが、これは嘘である。爆薬の横流しをしたのだが、自衛隊は、士気に影響するのを恐れて、内密にして、彼を、懲戒免職にしている。

そのあと、「将来の日本有事の時の参考にしたくて」彼は、中東、アフリカ、それに南米の紛争地帯を放浪した。

この辺《あた》りの描写は、まるで、劇画調だが、真実と嘘が、ないまぜになっているのだろう。

小笠原は、そこで、爆発物についての知識を生かして、大活躍する。テロリストが、仕掛けたプラスチック爆弾を取り除いたり、負傷者をガレキの中から助け出したり、彼は常に、正義の勇者として動き廻る。

コロンビアでは、政府の要人を助けて、表彰される。その要人と一緒に写っている写真も、のっていた。

そうした話の全《すべ》てが嘘だとは思わないが、嘘も多いだろうと、読みながら、十津川は、思った。

冒険物語を、読んでいるうちに、十津川は、次の文章を見つけ出した。

〈毎日が、危険と隣り合わせの連続で、平和ボケしている日本人には、想像もつかないだろうが、日本人の若者の中には、危険を求めて、やってくる勇気ある人間がいて、私は、その何人かに会った。

彼等がいる限り、現在の日本も、捨てたものではないと、ほっとしたのだが、彼等のことを、少し書いておこう。(彼等の希望で、匿名《とくめい》にする)

Sは、二十代。資産家の息子だが、退屈な毎日の生活にあきて、中東を放浪中に、私と、会った。彼は、自分の命を粗末にするようなところがあったが、私は、人間の生きる価値は、社会のために働くことだ、弱者を助けることだと説得して、立ち直らせた。

その後、彼は、私と一緒に、勇敢に、危険と立ち向かい、何人もの人間を、助けた。血液型はＡＢ。

Ｗも、二十代。借金に追われて、海外へ逃げ出した情けない男だったが、私やＳと一緒にいる間に、土性骨《どしょうぼね》が、据わってきて、彼も、危険を楽しむようになった。人間は変わるものだという見本のような人間である。もし、彼が、借金に追われて、日本を脱出していなければ、平凡で、詰まらない人生を送っていたことだろう。その点、Ｗにとって、借金は、いい意味の人生の転機になったのだ。血液型はＢ。

Ｋは――〉

このあと、数人の名前《イニシアル》が出てくるのだが、十津川が、興味を持ったのは、Ｓと、Ｗの二人だった。

十津川は、このページだけコピーして、捜査本部に持ち帰り、亀井に、見せた。

亀井も、熱心に、読んだあとで、

「警部は、Ｓは白石、Ｗは脇田と、お考えなんですね？」

「そうだ。特にＷの紹介が面白いじゃないか。小笠原が、ホステスの坂本ひろみと組んで、脇田たちを、手形サギに引っかけたんだ。犯人と、被害者だよ。だから、借金が、Ｗにとって、幸運だったみたいな書き方をしている」

「弁明ですか？」

「そうにも取れる」

と、十津川は、笑った。

「しかし、Sが白石で、Wが脇田だという証拠が、欲しいですね。これだけでは、Sは、代田《しろた》かも知れないし、Wは、和田《わだ》かも知れません」

「二人の血液型も出ている」

「この血液型ですが、小笠原は、なぜ、わざわざ、一人一人について、血液型を書き込んでいるんでしょうか？」

「本文の中に書いているんだが、小笠原は、血液型が好きでね。人を判断するのに、血液型で、分析して、適材適所に使うのだと書いている」

「なるほど」

「先日殺された白石だが、血液型は、ＡＢだったよ」

「脇田は、Ｂですか？」

「それも、大阪府警に調べて貰おう。Ｂなら、この二人は、白石と、脇田の可能性が、強くなってくる」

と、十津川は、いった。

亀井がすぐ、大阪府警に電話して、脇田三郎の血液型を調べて貰ったが、答えは、Bだった。

3

「三人が知り合いだったというのは、意外だったな」

と、三上本部長は、十津川に、いった。

「今回の事件を、別の視点で、見る必要が、出来たと思っています」

「しかし、小笠原は、自分の冒険話を、得意になって発表しているのに、白石と脇田は、なぜ、一度も、その話をしないんだろう？　普通は、話したいものだろう？」

三上が、首をかしげる。

「小笠原の書いた話は、半分は、嘘でしょう。それも肝心《かんじん》な部分がです」

「肝心な部分というと？」

「爆弾テロを未然に防いで、表彰されたとか、人助けもしたとかいう部分です。日本の若者が、いきなり、紛争地帯に出かけて、そんなことが出来るとは、思えません」

「しかし、政府要人と、一緒に写っている写真があるんだろう？」

「その国では、金さえ出せば、どんな高官とでも、会えるそうですから」

と、十津川は、笑ってから、

「多分、三人は、ただ、放浪していただけだと思います。むしろ、紛争の中で、何か金儲けを企《たくら》んだりしていたのではないか。小笠原なら、それくらいのことをしていたと思います。帰国してからは、小笠原は、政治家をめざして、何冊かの本を書き、自分をテロの専門家に見せかけているんだと思います。他の二人は、その頃のことは、別に、自慢できることではないので、話さないのだと思っています。脇田は、店を出すための金を、小笠原に貰ったのではないかと疑っています」

「三人が、知り合いだとなると、事件の見方は、どう変わってくるのかね」

と、三上部長は、きいた。

「これは、亀井刑事とも話し合ったのですが、ひかり121号の車内で、小柳夫婦が、プラスチック爆弾で、殺されたことは、ひょっとすると、本当の目的を隠すための殺人ではないかと思い始めているのです」

「偽装工作で、二人も、殺すのかね？　それも、プラスチック爆弾を使ってだ」

「だから、偽装工作だとわからなかったのかも、知れません」

と、十津川は、いった。

「信じ難《がた》いな」

「ですから、私も、ひょっとするとと、申し上げています」

「じゃあ、本当の目的は、何なんだ？」

「坂本ひろみを殺すことです」

「何のために、彼女を殺すんだ？」

「小笠原が、政界に進出するのに、坂本ひろみが、邪魔になったからだと見ています。小笠原は、香取英太郎の秘書をやっていますが、香取が病気なので、小笠原が、彼の代わりに、選挙に打って出ると、いわれています。ここからは、想像ですが、金が欲しい坂本ひろみが、昔の腐れ縁を口にして、小笠原をゆすったのではないでしょうか？」

「それで、口封じの必要が出来たということか？」

「選挙が、迫っていますからね」

「だが、いきなり、坂本ひろみを殺したのでは、自分が疑われると、小笠原が、考えたということか？」

「そうです。だから、まず、ひかり121号で、小柳夫婦を殺し、同じ方法で、坂本ひろみを殺せば、同一犯人ということになる。そう考えたんでしょう」

「なぜ、小笠原は、小柳夫婦を、殺したんだ？　この夫婦を、標的にした理由は、何だと、君は、思っているのかね？」

「それについては、私は、こう考えています。小笠原は、海外で、白石、脇田の二人と知り合いました。帰国してからも、三人は、会っていたと思います。その時、脇田が、仲間二人が、四国で、焼死したことを、小笠原に話したのではないか。当然、その時、小柳夫婦の名前も出た。脇田は、二人の仲間の仇《かたき》を取りたいとでも、いったのかも知れません。小笠原は、だから、小柳夫婦を、標的に選んだ。そうすれば、脇田も協力すると、思ったんでしょう」

「脇田は、どう協力したというのかね？」

「脇田から、東京の白石に送られたビデオが、それではないかと思っています」

と、十津川は、いった。

「白石に、殺させたというわけかね？」

「最初は、そう考えていましたが、小笠原が犯人で、偽装工作で、まず、小柳夫婦を殺したのだとすると、あのビデオは、殺人の指示かどうか、わからなくなってきました」

十津川がいうと、三上部長は、険《けわ》しい眼になって、

「それなら、何だというのかね？」

「正直にいって、わかりません。大事なことなので、じっくり、考えたいと思っていま

す」

「白石が、犯人ではないというのは、彼が、自殺に見せかけて、殺されたこととも、関係があるのかね？」

三上が、きいてくる。

「確かに、それもあります。もし、白石が、小柳夫婦を、ひかり121号の車内で、爆殺したのだとしたら、彼は、絶対に、そのことを、喋らないでしょう。自分が、殺人犯として、逮捕されますからね。だが、実際には、白石は、犯人ではなかったのではないか。だから、真犯人は、彼が、事実を喋ることを恐れ、自殺に見せかけて、殺してしまったのではないかと、思うのです」

「口封じの殺人か」

「そうです」

「もし、そうだとすると、これから、どうなるのかね？　もう、これで、殺人は、終わりだと思うかね？　それとも、殺人は、まだ、続くと思っているのかね？」

三上が、きいた。

「白石が、殺されたと知ったとき、まず、私の頭に浮かんだのは、大阪の脇田のことです。もし、次に殺される人間が、いるとすれば、脇田になるだろうと、思ったからです」

と、十津川は、いった。

「脇田には、注意するつもりか？」

三上部長が、きく。

十津川は、首を横に振った。

「脇田には、いわないつもりです。私は、脇田は、今回の事件に何らかの意味で、関係していると、思っています。ですから、私が、注意しても、警察のいうこととして、無視すると思うからです。それで、大阪府警には、こちらの考えを、伝えておきました」

「それだけで、大丈夫か？」

「もう一つ、引っかかるのは、例の五十三枚の写真に写っていた男女のことです」

と、十津川は、いった。

彼は、ポケットから、三十枚近い写真を取り出して、三上に見せた。

「これは、その男女の部分だけ、引き伸ばしたもので、比較的、顔立ちや、身体の特徴がわかるものにしました。今、この写真を検討しています」

「身元は、まだ、わからないのか？」

「全くわかりませんが、われわれの推理が正しければ、小笠原と、何らかの関係がある人間だと思っています」

「君は、ひょっとして、白石が、小柳夫婦殺しの犯人ではないのではないかといったね？」

「はい」

「すると、この男女が犯人なのか？」

「かも知れません」

「じゃあ、あのビデオは、何のために、白石に、送られたんだ？」

「一つだけ考えられるのは、白石に、あのビデオどおりに、九月二十日に、ひかり121号に乗れという指示だったのかも知れません」

「なぜ、そんなことをする」

「わかりませんが、白石が、ひかり121号に乗ったことは、間違いないと思っています。そしてあのビデオどおりに行動した。つまり、殺人犯人と全く同じ行動をしたということです。その理由は今も、いったように、わからないのです」

「どうも、はっきりしないな。靴の上から足を掻《か》くというやつだ」

「必ず、理由を説明してみせます」

と、十津川は、いった。

4

小笠原欽也の周辺を、徹底的に調べる作業に入った。

小笠原の交遊関係、特に女性関係、それに、彼の経歴。その中で、写真の男女が浮かび上がって来ないかの捜査である。

その一方で、十津川は、亀井と二人で、小笠原に会いに出かけた。

平河町にある香取英太郎の事務所で会った。これで、小笠原に会うのは、二度目である。

あの時の小笠原は、弁明に、終始した。ひかり121号の爆殺事件は、知らないといい、十年前の手形サギは、坂本ひろみが、ひとりでやったことで、自分の名前が出たことには、迷惑していると、いった。

小笠原は、前と同じように、にこやかに、二人の刑事を迎えて、

「私への疑念は、晴れたと思いますが、いかがですか?」

と、いきなり、きいた。

十津川は、その質問には、答えず、引き伸ばした三十枚の写真を小笠原の前に並べた。

「ここに写っている男女ですが、小笠原さんが、ご存知の方じゃありませんか？」

「いや、全く、知りませんが、どういう人たちなんですか？」

と、小笠原が、きき返した。

「私たちは、九月二十日に、ひかり１２１号で、小柳夫婦を、プラスチック爆弾で、爆殺した犯人に関係があるとみています」

十津川が、いうと、小笠原は、

「そりゃあ、おかしい。あの事件の犯人は、自殺した白石透という男なんじゃありませんか？」

「それが、自殺ではなく、他殺なんですよ。誰かが、首を絞《し》めて殺し、自殺に見せかけるために、木の枝に吊《つ》るしたと、わかりました」

「それで、この男女ですか？」

「そうです」

「しかし、身元は、わからないんでしょう？」

「ええ」

「それでよく、犯人だといえますね。殺された小柳夫婦と、何か関係のある男女なんですか？」

「それもわかりません」

「動機もわからず、名前も、どんな男女かも知らないという。それで、どうして、小柳夫婦を殺したなんて、いえるんですか」

「殺したとはいっていませんよ。ただ、あの殺人に関係があるといっているんです。だからこそ、白石透に関心を持っていて、彼が後日また、ひかり121号に乗ると、二人は、それを尾行しているのですよ」

「偶然、その列車に乗ったんじゃありませんか?」

「それは違いますね。白石は、名古屋で下車し、東京に帰っていますが、この二人も、同じように名古屋で降りて、帰京しているのです。これまで、偶然ということは出来ないと思います」

「なるほど。しかし、どうして私に、この二人のことを、お聞きになるんですか? 私の知らない人間ですよ。それとも、私が、この二人と知り合いだという証拠でもあるんですか?」

「いや、ありません」

「じゃあ、なぜ、二人のことを、私に、聞くんですか?」

「私は、小笠原さんが、白石さんと、知り合いだと思っているのです」

「なぜです？」

「あなたの書かれた本を読みました。『私は、危険が好きだ』というのは、大変面白く拝見しました」

「それはありがたい」

「その中で、何人かの日本人が、イニシアルで出て来ます。その中に、Sというイニシアルの若者のことが書かれていますが、このSが、実は、死亡した白石透ではないかと考えたのです」

十津川がいうと、小笠原は、渋面《じゅうめん》を作って、

「勝手に、そんな風に決められたのでは、迷惑しますよ」

「そうすると、そのSというのは、どういう青年ですか？　よろしかったら、教えてくれませんか？」

「今は、いえません。それぞれに人生があって、迷惑になってはいけませんからね。しかし、白石のSではありません」

「私は、てっきり、白石透だと思いましたので、その白石を、なぜか監視をしている男女がいるので、きっと、小笠原さんの知っている方ではないかと思ってしまったのです」

「知りませんよ。今もいったように、私は、白石という男を、知らないんだから」

「そうですか。しかし、坂本ひろみさんは、ご存知でしたね？」

「そのことは、前にも話しましたよ。十年も前の話でしょう？　その頃、彼女のいたクラブに飲みに行ったことはあるが、それだけの話で、彼女と組んで、手形サギをやったという噂《うわさ》が立って、大いに迷惑しているという話をした筈ですよ」

「しかし、その直後、小笠原さんは、日本を脱出されていますね？」

「それは、ただ、タイミングが、偶然、一致しただけのことですよ。それだけのことです」

「脇田三郎という名前は、記憶にありますか？」

「ワキタ？　何者です？」

「坂本ひろみが、手形サギで、破産に追い込んだ男ですよ。脇田は、仲間の仁村、森という男二人と、当時、三星商事というリサイクルショップをやっていたんですが、坂本ひろみが、手形サギで、引っかけたんです」

「ああ、思い出した。私が、彼女の裏にいるんだろうといわれて、大いに迷惑したんですよ。今もいったように、私は、あの事件には、関係していない。現に、その時、私は、罪に問われていません。勝手に、あの女に、自分の名前を使われて、大いに迷惑したんです。従って、脇田という人にも、全く、関係がありません」

「前にいった『私は、危険が好きだ』という本には、脇田と思われる人間が、出てくるんですがね」

「本当ですか？」

「Wというイニシアルで、出て来ます。二十代で、借金に追われて、海外に逃げ出した情けない男だが、私やSと一緒にいる間に、土性骨が据わってきたと書いてあります」

十津川が、いうと、小笠原は、笑って、

「借金に限らず、日本にいられなくなって、海外へ逃げ出した人間というのは沢山《たくさん》いますよ。その男も、同じです」

「よく覚えていますか？　このWという男については」

「そうですね。まあ、覚えていますが、あなたのいう脇田という男でないことは、私が保証しますよ。確か、渡辺《わたなべ》という名前でした」

「今、何処で、何をしているかわかりますか？」

「どうしてですか？」

「ぜひ、お会いしたいと思うんです」

「実は、帰国してから、彼が、何処にいるか、全くわからないのですよ。だから今、何処で何をしているか、全く知りません。もし、刑事さんが、見つけたら、ぜひ、私に、教えて下さい。私も会いたいですから」

「Sさんも同じですか？」

　と、亀井が、きいた。

「S？　ああ。彼にも、ぜんぜん、会っていませんねえ。今もいったように、多かれ少なかれ、何か、心に痛みを持って、日本を逃げてきた連中ばかりですからね。日本で再会しても、お互いに、過去は聞かないという暗黙の誓いみたいなものがあるんですよ」

「しかし、内面は、わからなくても、顔は、覚えていらっしゃるでしょう？　脇田と白石は、この男たちなんですがね。見覚えはありませんか？」

　十津川は、二人の写真を取り出して、小笠原に見せた。

　小笠原は、ちらっと見ただけで、

「記憶にありませんね」

「小笠原さんが、本に書かれたSと、Wの二人じゃありませんか？」

「ぜんぜん、違いますよ」

「そうですか。残念ですね。てっきり、あの本に書かれた二人だと思ったんですがねえ」

「期待に沿《そ》えなくて、申しわけないが、知らないものは、知らないので――」

「この三十枚の写真に写っている男女も、ご存知ありませんか？」

「知りませんねえ。香取先生に会いに来る方は、沢山いますが、見たことはありません」

と、小笠原は、いった。

5

二人は平河町の香取の事務所を出た。

「知っているとは、全く、いいませんねえ」

と、亀井が、腹立たしげにいう。十津川は笑って、

「これでいいのさ。知っているとは、いう筈がないんだ。しかし、例の男女の写真を見せた時、小笠原は、一瞬、顔色を変えたよ」

十津川は、満足そうに、いった。

「そういえば、一瞬、言葉を失った感じでしたね」

「脇田と白石については、前もって、覚悟していたんだと思う。心の用意があったから、平気で、知らないといったが、あの男女は別なんだ。あの二人を、われわれが、知る筈がないと、思っていたんだよ。それが、いきなり、写真を見せられたものだから、びっくりしたんだろう」

「小笠原とは、どんな関係の人間なんでしょうか？」

亀井が、運転席に腰を下ろしてから、きいた。

「多分、今回の事件に、何らかの関係がある人間だと思っているがね」

と、だけ、十津川はいった。

捜査本部に戻ると、刑事たちが、男女の写真を前にして、盛んに、議論をしていた。

二人の男女について、気のついた特徴を、刑事たちは、一つ一つ、書き出していたのだ。

十津川は、その説明を受けた。

「二人の身長ですが、車両の網棚《あみだな》の高さなどから、考えて、だいたいの想像がつきました」

と、まず、西本刑事が、いった。

彼が、類推した男と女の身長は、次の通りだった。

男——一七二、三センチ
女——一五七、八センチ

「顔の特徴ですが、気付いたことを、書いてみました」
と、いったのは、日下刑事だった。

男——やや、角張っていて、眉は細い。鼻の右側に、はっきりわかる黒いイボがある。唇はうすく、冷酷な感じを与える。毛髪は、豊かで七、三に分けている。

女——細面《ほそおもて》の美人である。右の耳にピアスをしている。眼は大きく、それが魅力になっている。

二人の服装について、考えを書いたのは、北条早苗《ほうじょうさなえ》刑事だった。

男——アルマーニを着ているのは、自分に、自信があるのだろう。サングラスをかけたり、外したりしているが、多分、いつもサングラスを持っているのだと思う。サングラスは、グリーンである。

女——あまり高いものは、着ていないが、持っている黒のハンドバッグは、シャネルで、指輪も、五十万ぐらいするシャネルである。シャネルが好きなのだと思う。一点豪華主義か。

他にも、写真を見て、気付いたことが、黒板に、書きつらねてあった。十津川と亀井は、それを、読んでいった。

○男は、煙草《たばこ》を吸う。箱を持っている写真からセブンスターらしい。
○男の左手の小指が短く見える。暴力団に入っていたことがあるのではないか。
○女の顔は、眼鏡をかけていたと思われる痕《あと》がある。恐らく、今は、コンタクトレンズをはめていると思われる。
○女は、頭髪を茶色く脱色している。
○男は、EEカメラを持ち、盛んに、白石に向けて、撮っている。多分、誰かに命じられて、彼のことを写真に撮っているのだと思われる。
○男は、背広の襟《えり》に、円形のバッジをつけている。拡大した写真によれば、そのバッジは、Ⓢと読むことが出来る。

「なかなか、よく観察しているじゃないか」

と、十津川は、刑事たちを褒《ほ》めた。

「身元の確認に役立ちそうなのは、男の左手の小指の短さと、襟のバッジですね」

と、亀井が、いった。

「まず、その線で、調べていこう。捜査四課に、協力して貰って、この男のことを、調べて貰う。それから、襟のバッジが、何処の会社か、組織のものか、調べよう」

十津川が、刑事たちに向かって、いった。

捜査四課は、暴力団を専門に扱っている。そこに、協力して貰って、男の写真を見せたが、

「見たことのない男だな。われわれが押さえている暴力組織には、入っていない人間だよ」

と、いわれてしまった。

次は、男がつけていたバッジである。写真で見ると、銀色に見えるから、シルバーバッジだろう。

それが、何処のバッジか調べるのは、大変だった。何しろ、会社の数だけ、バッジがあると見ていいだろうし、他にも、勝手に、個人で作った記念バッジがあるからだ。

刑事たちは、バッジの専門店や、研究家に見せて、教えを乞《こ》うた。

だが、なかなか、答えが出て来ない。Ｓのイニシアルを会社のバッジにするところは多

いのだ。

西本と日下の二人が、相談に廻ってから三日目に、バッジを専門にコレクションしている男から、電話が入った。青田《あおた》という六十歳の男が、バッジのコレクターだった。

西本と、日下が、会いに行くと、

「私が、仲間に話していたら、この写真のバッジと同じものを見たという返事があってね」

と、青田は、いった。

「その人は、何処で見たといってるんですか？」

「一年前に、倒産した会社で、確か、社員が、このバッジをつけていたというんだ」

「去年、倒産しているんですか？」

西本が、がっかりしたように、肩を落としたが、日下は、

「とにかく、詳しく、話して下さい」

と、促《うなが》した。

「大阪の方で、小さな警備会社があった。社員は、三十人ほどと、小さかった。警察官上がりが多くて、優秀な社員が揃《そろ》っていたが、去年、不渡りを出して、倒産したというんだ。その会社のバッジが、確か、円にSだった、といっている。Sは、セーフティのSだ

ね」

と、青田は、いった。

「大阪の会社ですか？」

「そうだ。倒産したが、社員は、全員、自分に自信を持っていたと、いっている」

「大阪の何処にあって、何という会社だったか、わかりませんか？」

日下が、きいた。

「大阪の十三にあって、会社の名前は、佐山《さやま》警備保障会社。Ｓは、佐山のＳかも知れないとも、いっていた」

と、青田は、いった。

彼の証言は、参考になった。十津川は、すぐ、大阪府警に電話して、佐山警備保障のことを調べて貰うことにした。

回答は、翌日、ＦＡＸで、送られてきた。

〈佐山警備保障会社について、回答を送ります。

この警備会社は、三年前、佐山登《のぼる》という府警の刑事上がりが、社長となって、十三に発足しています。社員は、元警察官あり、普通のサラリーマンありで、中には、暴力団に入っていた男もいたようです。ストーカー退治や、資産家の身辺警護などで、次第に信用を高め、一時、三十名近い社員を有し、車十台、通信設備なども設けるまでになりましたが、昨年、社長の佐山が、急死したあとは、全て、うまくいかず、九月に倒産しています。

暴力団から、足を洗って、佐山警備保障の社員になった者は、三人います。ご照会の男は、その一人だと思います。現在三十五歳で、K組の構成員だった水野努《みずのつとむ》だと思いますが、彼が、現在、何処で何をしているか不明です。

水野努について、わかっていることを、書いておきます。身長一七三センチ。体重六二キロで、やや、痩《や》せ型、左手の小指の第二関節から先がありません。傷害の前科が三件あり、二年間、刑務所に入っています。かなりのお洒落《しやれ》で、アルマーニを愛用していたことがあります。

現在、佐山警備保障の社員の写真を探していますので、見つかり次第、お送りします。なお、問題のバッジは、間違いなく、佐山警備保障のバッジであります〉

この報告は、十津川たちを勇気づけた。どうやら男は、元警備保障会社の水野努という男に、間違いないらしい。

去年の九月に、勤めていた大阪の警備会社が、倒産して、東京に流れて来たのだろう。そして、何処かで、小笠原に会い、彼の下で働くことになったのか。

十津川は、念のために、電話帳を、調べてみた。

思った通り、電話帳に、のっていた。「水野警備保障」の文字である。大阪から、東京にやってきて、自分で、会社を始めたのだろう。

十津川は、亀井と、その住所へ行ってみた。千代田区神田《かんだ》の雑居ビルの五階だったが、すでに、この会社は、なくなっていた。

同じビルに入っている喫茶店のオーナーに話を聞いた。

「ええ。社長の水野さんは、時々、うちに、コーヒーを飲みに来てましたよ。広告も、貼《は》らしてくれというので、壁を提供しました。今はやりなのか、ストーカー撃退をお委《まか》せ下さい、なんていう文字もありましたね」

と、店のオーナーは、いう。

「円にSのバッジをつけていましたか？」

「ええ。とても、気に入ってるとかいってね。でも、仕事がうまくいかなかったらしく、今年の四月頃に、なくなってしまいました。だいぶ、借金を作ってしまったらしいですよ」

「この人を見かけませんでしたか？　水野警備保障に来たと思うんですが」

十津川は、小笠原の顔写真を、相手に見せた。

「さあ」

と、オーナーは、首をひねる。

「見かけませんでしたか？」

「何しろ、うちは二階で、向こうは、最上階の五階ですからねえ。あの会社に来る人を、全部、見てるわけじゃありませんから」

と、店のオーナーは、いった。

「こちらの女性に見覚えはありませんか？」

十津川は、念のために、女の方の写真を、喫茶店のオーナーに見せた。

期待はしていなかったのだが、相手は、

「見たことありますよ。水野さんの警備保障会社に、女性が一人いたんですが、彼女によく似ています。名前は、確か、秋山《あきやま》さんじゃなかったかな」

と、いった。

第六章　終局への道

1

少しずつ、事件の本質が、見えてきたような気がした。

井上が、配達途中のビデオを見たことで、今回の事件は始まったとみていい。だが、それは、同時に、十津川たち捜査員に、一つの予見を与えてしまったのだ。

ビデオの受取人の白石透が、ビデオの指示に従って、小柳夫婦を爆殺したという予見である。

その予見は、いつか、確信に変わってしまった。

大阪の三田商会の社長脇田が、十年前の仲間の死の仇《かたき》討ちに、白石に頼んで、小柳夫婦を殺したという確信である。

井上の友人の岡島青年が殺されたことで、その確信は深まったといっていいだろう。岡島は、三田商会のことを調べようとしているのだ、と思われて殺された。そう考えられたからである。

ただ、証拠がないために、捜査本部は、脇田と、白石の二人を逮捕することが出来なかった。

ところが、次に、新宿のクラブのママ坂本ひろみが、殺された。

小柳夫婦と同じく、プラスチック爆弾が使われたことで、同一犯人の犯行と、十津川たちは、考えた。動機は、十年前、坂本ひろみが手形サギを働き、そのために脇田たち三人がやっていた会社が、倒産した。それへの十年目の復讐と、考えられたのだ。

ここまでは、十津川たちは、疑わずに、脇田と白石の二人を、追いかけてきた。

ところが、脇田の十年前を調べていくうちに、確信が、ゆらいできたのだ。

白石が、殺されて、なおさら、疑惑が、大きくなってきた。

そして、一人の男が、浮かび上がっていた。小笠原欽也である。

十年前、小笠原は、坂本ひろみと組んで、脇田たち三人の仲間を、手形サギにかけて、破滅させた男だ。

もし、脇田が、十年前の復讐を考えたとしたら、誰よりも先に、小笠原を狙《ねら》った筈《はず》ではないか。

もう一つ、脇田と白石が組んで、小柳夫婦を殺し、坂本ひろみを殺したのなら、脇田が、共犯の白石を殺したりはしないのではないか。

それに、白石を尾行する男女が現われた。

その男女の名前は、水野努と、秋山という女で、倒産した警備会社にいたことがわかった。

この二人が、誰の命令で、白石を尾行したのか？

そして、多分、この二人が、白石を殺したのだろうと、十津川は、思う。

そうなってくると、脇田と白石の犯行説は、疑わしくなってくる。

捜査会議で、十津川は、事件に対する見方を変える必要を、口にした。

「私は、一つの仮説を、考えてみました。それは、犯人の動機です。われわれは、十年前、仲間二人が、焼死したことへの脇田の復讐が、動機と、考えてきました。そのため、脇田は、白石に依頼して、まず、小柳夫婦を、ひかり121号の車内で、爆殺したのだと、考えてきたわけです。坂本ひろみ殺しは、それの続きのように、考えてきました。これで、殺人が終わっていたら、われわれは、今も、脇田主犯、白石が、共犯の線を捨てきれなかったと思います」

「それが、白石が殺されたことで、変わったということかね？」

と、三上本部長が、きく。

「そうです。それに、小笠原欽也の存在です。十年前の復讐なら、脇田は、坂本ひろみを殺すよりも、小笠原を殺すべきなのです。だが、その気配はありません。第一、十年も前の事件について、復讐心を持ち続けられるものでしょうか。特に、脇田の仲間二人の焼死では、果たして、小柳夫婦が、故意に殺したのか、或《あ》いは、放火を頼まれて、自分たちが、逃げおくれたのかさえわかっていないのです。そんなあやふやなことで、十年後に、復讐するものでしょうか？」

「十年前の復讐でないとすると、なぜ、小柳夫婦は、殺されたのかね？」

「動機が違うという観点に立って、私は、一つの仮説を立ててみました。十年前の恨《うら》みが、うすれていくのと、逆に、深くなっていくケースがあるのではないか。その後者が動機で、今回の殺人が起きたのではないかと、私は、考えたのです」

「具体的にいって欲しいね」

と、三上が、いう。

「私がいいたいのは、小笠原欽也のケースなのです。脇田についていえば、十年前のリサイクルショップも、今のビデオの販売会社も、たいして、違いはありません。従って、憎しみが増幅したとは思えません。しかし、小笠原の場合は、そうではありません。十年前の小笠原は、ホステスと一緒になって、手形サギを働く小悪党でしたが、今は、議員の秘書で、政界進出に意欲的な男に、変わっています。十年前には、小笠原は、多分、怖《こわ》いもの知らずだったと思います。しかし、今は、政界進出のために、身辺をきれいにしておく必要を感じている筈です。そうなると、彼にとって、一番、邪魔な存在は、坂本ひろみということになってきます。二人で組んで、手形サギを働いているからです。政界進出を図《はか》って、選挙に出ることにした時、坂本ひろみが出てきて、十年前の手形サギのことを話したら、小笠原は、落選するでしょう。ホステスとの関係も明らかになれば、女性票を失ってしまいます。そこで、小笠原が、今から、坂本ひろみの口を封じてしまおうと考えたとしても、不思議はありません」

「しかし、最初に殺されたのは、小柳夫婦だよ」

三上が、いった。

十津川は、肯《うなず》いて、

「そうです。小笠原が、企《たくら》んだんですよ。彼が殺したいのは、本当は、ホステスの坂本ひろみだったが、いきなり、彼女を殺したのでは、自分に疑いの目が向けられてしまう。そこで、まず、小柳夫婦を殺す。プラスチック爆弾を使った派手な方法でです。当然、疑惑は、脇田に、向けられる。そうしておいて、小笠原は、次に、本命の坂本ひろみを、同じ方法で殺したのです。警察は、今度も、脇田に、疑いの目を向ける。それが小笠原の狙いだったと、私は、思うのです」

「それなら、白石殺しは、どう説明するのかね？　岡島という青年が殺された理由を、どう説明するのかね？」

と、三上は、きいた。

「その前に、小笠原が犯人だとして、なぜ、最初に、小柳夫婦を殺したのかを考えてみたいのです」

「どんな風にだね？」

「小笠原と、脇田、それに白石の三人は、海外で、一緒にいたことは、まず、間違いないと思うのです。その時、小笠原は、脇田から、彼の仲間二人が、焼死した事件のことを、聞いていたのではないかと思います」

「しかし、脇田は、小笠原と坂本ひろみのために、十年前、リサイクルショップを倒産させられたんだろう？　それでも、ぎくしゃくしなかったのかね？」

「金ですよ。小笠原は、何らかの理由で、五年前にアダルトビデオの販売会社の資金を出してやって、脇田を、丸め込んでいたのだと思うのです。それで、脇田は、十年前のことを、ずっと、恨みに思い続けることがなかったんじゃないでしょうか」

「金で、解決か」

「そうです。小笠原は、金で、脇田を味方につけて、殺人計画を立てたんだと思います。脇田から、十年前、彼の仲間が焼死したことを聞いた。そこで、まず、小柳夫婦を殺す。当然、疑いは脇田に向けられる」

「よく、それを脇田が、承知したね？」

「脇田が、小柳夫婦殺しについて、前もって、完全なアリバイを、作っておけばいいんです」

「白石の役割は？　あのビデオは、何だったんだ？」

「そこも、私は、こういう仮説を立てました。三人は、海外で知り合った。十年後、小笠原は、脇田を金で買収し、自分の殺人計画に利用した。しかし、白石は、資産家の息子ですから、金で買収できません。或いは、小笠原の計画を知って、反対したのかも知れません。そこで、小笠原は、白石を、犯人に仕立てあげることを、考えたんではないでしょうか。小笠原は、脇田と共謀して、あの妙なビデオを、白石に送りつけたのです。白石は、好奇心が旺盛《おうせい》ですから、あのビデオの謎を解《と》こうと、九月二十日に、ひかり121号に乗ったんだと思います。小笠原は、その121号で、小柳夫婦を、プラスチック爆弾を使って、殺してしまったわけです。警察が、捜査し、同じ121号に乗って、妙な行動をとる白石に注目する。それが、小笠原の計画だったと思うのです。ところが、井上が、ビデオをダビングしてしまい、それが、事件直後に、われわれの手に渡り、白石を容疑者と、考えてしまったわけです」

「つまり、小笠原の計画は、成功したということになるんだな？」

「そうです。われわれは、大阪の脇田が、小柳夫婦を殺す動機を持っていることを知り、脇田——白石の線に、注目したわけです」

「小笠原は、そのあと、本命の坂本ひろみ殺しを実行したわけだね？」

「そうです。同じプラスチック爆弾を使用して、派手に殺すことで、われわれに、同一犯人を、印象づけたのです。それで、われわれは、坂本ひろみ殺しも、脇田——白石の線を考えてしまったのです」

「当然、白石は、自分が、罠《わな》にはめられたと考えた筈だ」

「その通りです。そこで、同じひかり121号に、乗ってみることを考えたのです。そんな行動に出れば、真犯人は、きっと、自分の行動を、調べるだろう。そこで、カメラマンを傭《やと》い、自分を尾行する人間を、二百枚以上、カメラに、写させたのです。それが、あの写真です。それで、水野努と秋山という女性を、あぶり出すのに成功したわけです。ところが、われわれも、二人の刑事に、白石を尾行させました。白石を、小柳夫婦殺しの犯人と考えていたからです」

「それで、刑事二人も、写真に、撮《と》られてしまったわけだね」

「白石は、きっと、苦笑したでしょうね。刑事が二人で、無実の自分を、尾行している。真犯人は他にいるのに、バカなことをしていると、思ったに違いありません。そこで、白石は、水野と秋山の二人が写っている写真五十三枚を、われわれのところに、送りつけてきたのです。これが、真犯人だと、われわれに、教えるつもりだったと思いますね」

「そのあと、白石は、自殺に見せかけて、殺されてしまった」

「そうです。あの写真をもとに、白石は、水野と、秋山の二人について、調べ始めたんだと思います。警察の疑いを晴らすには、真犯人を見つけ出すしかないと思ってです。小笠原は、危機を感じて、白石を、自殺に見せかけて、殺してしまったんです」

「岡島という青年を殺したのも、小笠原だと思うかね？」

「私の推理が正しければ、そうなります」

「しかし、なぜ、岡島まで殺したんだろう？　小笠原にとって、殺す必要は、なかったんじゃないのか？　岡島は、友だちの井上から、頼まれて、三田商会に、ビデオを注文しただけだ。小笠原のことなんか、全《まった》く、知らなかったのだからね」

「冷静に考えれば、そうなります。しかし、こうも考えられます。小笠原は、まず、小柳夫婦を爆殺して、脇田——白石の犯人説を作りあげたのです。もちろん、脇田には、アリバイを作らせておいたから、疑われるのは、結局、白石になってくるわけです。岡島は、井上に頼まれて、白石が取り寄せたというビデオと同名のものを三田商会に注文したりしました。白石が、犯人なら、岡島は危険な存在の筈です。白石が、犯人なら、放っておくだろうか？　そう考えて、小笠原は、岡島を殺してしまったのだと思います。そうすることによって、警察は、ますます、白石を疑うようになると、計算したんです」

と、十津川は、いった。

「わからないことがありますが」

と、西本刑事が、手をあげた。

「どこが、わからない？」

十津川が、西本に、きいた。

「脇田の立場です。彼は、小笠原から金を貰《もら》い、自分が、疑われることを、承知したんでしょう？　なぜ、そんなバカなことを承知したんでしょうか？」

「だが、九月二十日には、ちゃんとしたアリバイを作ってあることがわかったんだ」

「それに、気色悪いでしょう。容疑者になるのは」

西本刑事が、いう。

十津川は、笑って、

「井上という郵便局員が、悪戯心《いたずら》で、白石宛のビデオを見てしまった。それで、われわれは、すぐ、三田商会の脇田をマークした。だが、井上が、ビデオをダビングしたりすることは、計算外だったんだ。小笠原にとっても、脇田にとってもね。だから、本来、われわれが、脇田を疑うのは、もっと、時間が、かかった筈なんだよ。殺人事件が、起きるとすぐ、われわれは、脇田に行きついてしまったから、君なんかは、よく脇田が承知したなというが、本来は、すぐ、脇田には、疑いがかからないから、彼は、金を貰って、承知したんだと思うよ」

と、十津川は、いった。

「小柳夫婦、坂本ひろみ、岡島、そして、白石と五人が、殺されていますが、警部は、全《すべ》て、小笠原が、手を下したと思われますか？」

と、日下刑事が、きいた。

十津川は、考えてから、

「小柳夫婦と、坂本ひろみは、小笠原が、自分で手を下したと思う。何しろ、プラスチック爆弾を使っての犯行だからね。爆薬の知識のない者には、無理だろう。その知識を持っている小笠原が、やったと思う。岡島と、白石殺しは、爆薬を使ってないから、水野と秋山の二人に、金を払って、殺させた可能性もあると、思っている」

「爆薬の知識がなくても、可能だからですか？」

「そうだ。それに、もう一つ。一連の殺しは、連続したもので、同一犯人の仕業《しわざ》だと、警察は見るだろうと、小笠原は考えた。事実、われわれも、そう見てきた。だから、白石を、別の人間に殺させれば、同一犯人ではなくなって、捜査を混乱させられると、小笠原は、考えたのかも知れない」

十津川が、いうと、三上部長が、

「君の推理は、よくわかったが、それを証明できるのかね？」

と、きいた。

「今は、証明できません。あくまで、私が作った仮説ですから」

十津川は、正直に、いった。

「これから、どうしたらいいと思っているのかね？」

「小笠原欽也は、野心満々で、次の選挙に立候補するつもりでしょうから、放っておいても、逃げたりは、しないでしょう。問題は、水野努という男と、秋山という女です。今、その行方《ゆくえ》を追っていますが、まだ、見つかっていません。われわれが、行方を追っていることを知れば、海外に脱出もしかねません。小笠原が、海外に逃がそうとするかもしれませんからね。一刻も早く、この二人を見つけたいと、思っています」

「大阪の脇田は、どうするつもりだね？　彼は連続殺人の主犯ではなかったが、君の仮説では、小笠原の殺人に、協力したことになっているんだろう？」

「そうです」

「それなら、すぐ、逮捕したまえ。彼の口から、小笠原の犯行を、証言させることが、出来るかも知れんだろう？」

「今の状況では、不可能です」

「どうしてだ？」

「彼は、私の推理では、誰も殺していないからです。ただ、十年前に、自分の仲間二人が、四国で焼死したことを、小笠原に話しただけだと思っています」

「それに、問題のビデオを、白石に、送ったじゃないか？　小柳夫婦殺しを、予見させるビデオをだ。それでも、逮捕できないのかね？」

「無理ですね」

「どうしてだ？」

「たまたま、現実の殺人事件と一致したビデオですが、このビデオに従って、小柳夫婦を殺せとは、いってないのです。あのまま見れば、ただの列車のビデオでしかありません。

脇田は、そういうでしょう。犯行の指示とは、どうみてもいえません。無理です」

「それじゃあ、八方塞《ふさ》がりじゃないのかね？」

三上部長が、腹立たしげに、十津川を、睨《にら》んだ。

「それを、一つ一つ崩していくのが、われわれ刑事の仕事です。幸い、主犯も共犯もわかっていますから、逃がしはしません」

十津川は、きっぱりと、いった。

2

新しい捜査方針は、水野努と、秋山を見つけ出すことに決まった。

水野は、神田の雑居ビルに、警備会社を開いたが、今年の四月に、借金を作って、姿を消したという。

そこに、小笠原は、眼をつけたのではないだろうか。金で、釣るのは、楽だった筈である。

水野の警備会社には、女性が一人いたという。その女が、秋山らしい。

十津川は、四月まで神田にあった、水野警備保障について、調べてみた。

その結果、女事務員のフルネームが、わかった。秋山アキである。

水野警備保障に、仕事を頼んだ倉庫会社を見つけて、話を聞いた。

「あそこには、社長の水野さんを含めて、五人の男性がいましたよ。それに、秋山アキという女性が一人です。男は全員、柔道の有段者といっていましたね。うちは、中央区月島《ちゅうおうくつきしま》にある倉庫の警備を頼んだんですが、よくやってくれましたよ」

と、R倉庫の管理課長が、いった。

「秋山アキのことを、詳《くわ》しく聞きたいんですが」

十津川がいうと、相手は、笑って、

「彼女は、ただの社員じゃありませんよ」

「どういうことですか？」

「社長の水野さんの彼女ですよ。他の社員も、みんなそう思ってたんじゃありませんか」

と、課長は、いう。

「水野警備保障は、借金が大きくなって、潰《つぶ》れたんでしたね？」

「ええ。水野社長が、いい気になって、会社を大きくしようとしたのが、原因みたいですよ。コンピューターを導入したり、車を何台も買ったりしたのが、マイナスになったんですよ。仕事が、それほど増えなかったのに、借金が重なってしまったんだと思いますね」

「今、水野さんと、秋山アキさんは、何処《どこ》で、何をしているか、わかりませんか？」

「私は、その後、会ってないんですが、うちの社員が、二人を見たといっていましたね。呼びましょうか？」

と、いい、管理課長は、気軽く、部下の一人を、呼んでくれた。

竹山《たけやま》という、その若い男性社員は、十津川の質問に、

「会ったのは、十日ほど前だったと思います。東京駅で、会ったんです」

「東京駅で？　何時頃です？」

「夕方です」

それなら、二人が、白石を尾行したときのことではないのか。

「声をかけました？」

「ええ。懐《なつ》かしかったんで、声をかけました。何か、急いでいるらしく、短い話しか出来ませんでした」

「どんな話をしたんです？」

「今、何をしているんですかって、きいたんです」

「それで、水野さんと、秋山アキさんは、何と答えたんです？」

「ちょっと、危険な仕事をやっているといってから、冗談だと笑ってましたね」

「他には？」

「それだけです。急いでいるので、失礼するといって、新幹線ホームの方に、小走りに、行ってしまいました。それだけです」

と、竹山がいう。

十津川は、水野と秋山アキが写っている例の写真の一枚を相手に見せて、

「その時、二人は、これと同じ服装でしたか？」

「どうだったかな。秋山アキさんの方は、確かにそんな服装でしたね。水野さんの方は、背広姿だったのだけは、覚えていますが、服の色までは、覚えていません」

「二人は、相変わらず、借金苦で、元気がなかったですか？　それとも、生き生きしていましたか？」

「沈んじゃいませんでしたね。ちょっと、危険な仕事をやっているといった顔は、得意気《げ》でしたから」

と、竹山は、いった。

（ちょっと、危険な仕事か）

殺人が絡《から》む仕事だから、確かに危険な仕事だろう。

これでは、まだ、確定とはいえないが、小笠原欽也のために、二人が働いていること

は、まず、間違いないだろう。

「二人が、白石を、尾行して、ひかり121号に乗ったことは、まず、間違いないとみていいだろうね」

と、十津川は、亀井に、いった。

「それで、この二人は、何をしたんでしょうか？」

「小笠原の指示で、尾行したのなら、とりあえず、小笠原に、報告したと思うね」

「白石は、九月二十日と同じ行動をとった。そう報告した筈ですね」

「そうだ。その報告を受けて、小笠原は、どうしたかだな」

「そのあと、白石は、自殺に見せかけて、殺されています。だから、小笠原は、白石が、自分にとって、危険な存在になったと、思ったんじゃありませんか」

亀井が、いった。

「もし、カメさんのいう通りだとしたら、白石は、小柳夫婦殺しの犯人ではないことになる」

と、十津川は、いった。

「その通りです」

「だが、まだ、推理でしかない」

「どうしたらいいと思いますか？」

「水野努と、秋山アキを見つけられれば、いいんだが、それが、簡単に出来ないとなると、他に、事件の関係者というと、小笠原欽也と、脇田三郎の二人になってくるんだが」

「小笠原の方は、簡単に会って、質問するわけにはいかないでしょう。彼の背後《うしろ》には、政治家がついていますから」

「と、すると、残るのは、脇田三郎だけだ」

「大阪へ、会いに行きますか」

「行ってみよう。前とは、違った見方が出来るからね」

と、十津川は、いった。

その日のうちに、二人は、新幹線で、大阪に向かった。新大阪からは、タクシーで、十三に。

陽《ひ》が落ちかけていたが、脇田の会社は、まだ、開いていた。

脇田は、何処かに電話をかけていたが、十津川と亀井を迎えると、その電話を切って、

「今度は、どんなご用ですか？」

「今の電話は、大事な用件だったんじゃないんですか？　遠慮なく、続けて下されば、良

かったのに」

十津川が、いうと、脇田は、手を振って、

「注文したビデオが、まだ届かないという苦情の電話です。明日には必ず着くと、返事をしたので、もう、いいんです」

「相変わらず、繁盛していますか？」

「おかげさまで。日本人が、セックス好きなので、助かりますよ」

「東京で、白石が、死にました。殺されたんですが、何か、感じることがありますか？」

と、十津川は、きいた。

「何も、感慨はありませんよ。もともと、よく知らない男ですから」

「しかし、白石に、ビデオを、送っていますね？」

「ええ。どなたでも、注文して下されば喜んでアダルトビデオを送りますよ」

「それだけですか？」

「それ以上、どんな関係があるというんですか？」

「小笠原欽也という人の書いた本に、あなたも、白石も、出てくるんですよ。海外で、出会ったと」

「いや、僕は、覚えがありませんね。小笠原という人も知りませんよ」

「おかしいですね。あなた、白石、それに小笠原の三人は、海外を放浪していて、出会っているんですよ。今、小笠原欽也さんは、政治家の秘書をやっていて、次の選挙に出る気でいる。あなたは、大阪で、ビデオの販売をしている。白石は金があるので、気ままに、フリーターをやっていた」

「困りましたね。僕は、どちらとも、知り合いじゃありませんよ。まして、政治家の秘書の方などと、親交は、ありません」

「あなたは、十年前、仁村と森という二人の友だちと、リサイクルショップをやっていた。手形サギにあって、店は倒産し、その上、友だちの二人は、四国で焼死してしまった」

「ちょっと待って下さい。そのことは、前にも話したし、別に、否定も肯定もしていませんよ」

「友人二人の焼死に絡んだ小柳夫婦が、ひかり121号の車内で、殺されました。プラスチック爆弾を使って」

「その話は、前にも聞かされました。だが、僕とは、関係ない。十年も前のことを、恨みに思ったりはしていない。それも、前に話した筈ですが」

「小柳夫婦のことを、誰かに話しませんでしたか？　小柳夫婦に絡んで、十年前に、友人が二人、四国で、焼死した話をです」

「誰にです？」

「例《たと》えば、小笠原欽也さんにです」

「そんな人は、知らないといっているじゃありませんか」

「だが、あなたと、小笠原欽也、それに、白石透が、出会っているという記録があるんですがね。小笠原の書いた本の中に、ちゃんと出ているんですよ」

「しかし、あの本に出てくる日本人は、イニシアルだけでしょう。そんなものは、何の証拠にもならない」

脇田が、突き放すように、いう。

十津川は、笑って、

「イニシアルだけというところを見ると、小笠原さんの本を、あなたも読んでるんですね」

「面白《おもしろ》い本だから、読みましたよ。それだけです」

「小笠原のやっていることを見ていると、政界への野心を持ってから、暗い過去を全て消し、都合のいい過去だけ残そうとしているとしか思えないのですよ。テロ対策のプロみたいな過去は、ちゃんと残しておき、坂本ひろみのような過去は、容赦なく、切り捨ててしまう。白石透が殺されたのも、その一つではないかと、われわれは考えているのです。こう考えてくると、あなたも殺される確率が高い」

「なぜ、僕が、殺されることになるんです？」

「われわれは、今度の連続殺人事件を、こう考えているんですよ。小笠原は、今もいったように、政界進出の邪魔になる過去を、切り捨てようと考えた。その第一の標的が、坂本ひろみだったわけですよ。彼女の存在自体が、暗い過去みたいなものですからね。ただ、いきなり彼女を殺したのでは、いやでも、小笠原自身に疑いがかかってくる。そこで、脇田さん、あなたの過去を聞いて、それを利用した。まず、小柳夫婦をプラスチック爆弾を使って、新幹線車内で殺し、警察の注意を、そちらに向けさせたんです。殺人の目的を、はぐらかせておいて、そのあとで、本当に殺したい坂本ひろみを殺したんですよ」

「――――」

「あなたも、それに協力したんじゃありませんか。小笠原から、金を貰ってね」

「バカなことはいわないで下さい」

「われわれは、あなたが、金を貰って、小笠原に協力したと思っていますよ」

「どんなことをして、協力したって、いうんですか？」

「十年前の過去の事件を、小笠原に教えた。それから、白石を犯人に仕立てあげた。妙なビデオを送りつけてね」

「何のことか、わかりませんね」

「よくわかっている筈ですよ。あんな、思わせぶりなビデオを送れば、白石は、九月二十日に、ひかり121号に乗るだろうと、あなたも、小笠原も考えたんだ。ところが、白石だって、バカじゃない。ビデオのことを疑い、もう一度、同じひかり121号に乗ってみた。それに危惧《きぐ》を覚えた小笠原は、白石まで、殺してしまった」

「僕には、関係ない」

と、脇田は、繰り返した。

「そんなことをいっていて、大丈夫なんですか？」

十津川は、脅《おど》すように、いった。

「大丈夫かって、何のことです？」

かすかに、脇田の顔に、怯《おび》えの色が、浮かんだ。

「小笠原は、あなたの過去を買ったんだ。それを、自分の犯罪に利用した。また、あなたに、白石を、犯人に仕立てあげることを頼んだ。これも、金を使ってね。それが、上手《うま》くいって、われわれは、あなたと白石に、疑いの目を向けた。ところが、今もいったように、小笠原は、白石も殺さなければならなくなってしまったんだ。こうなると、あなたの存在も、小笠原には危険な存在になってきた。いずれ、小笠原はあなたも殺しますよ」

「小笠原なんて人間は、知らないといってるでしょう」

「白石が殺されたことには、びっくりしたんじゃありませんか」

「別に驚きませんよ」

と、脇田は、いう。

「どうしてです？」

亀井が、きいた。

「白石という人は、僕にとって、ビデオを買ってくれるお客の一人にしか過ぎないんですよ。だから、死んでも、別に驚かないといってるんです」

「じゃあ、なぜ、あんなビデオを、白石に送りつけたんですか？」

「そんなビデオを送った覚えは、全くないんですがね」

「ただのアダルトビデオを送っただけだと？」

「そうです。注文されたので、送っただけなんです」

「あなたは死ぬことは、怖くないんですか？」

と、十津川が、きいた。

「もちろん、怖いですよ。誰だって、怖いでしょうが」

「私は、予告しておきますが、あなたは、小笠原に、殺されますよ。これは、必ず、そうなります」

「警察が、そんなことをいって、脅かすんですか？」

脇田が、険《けわ》しい表情になって、十津川を睨んだ。

「単なる脅しで終わってくれれば、いいんですがね」

十津川は、今度は、水野努と、秋山アキの二人の写真を、脇田に見せた。

「この二人を、ご存知ですか？」

「いや、知りません。何なんですか？　この二人は」

と、脇田が、相変わらず、険しい表情のまま、きき返した。

（本当に、知らないらしい）

と、十津川は、思いながら、

「男は、水野努、女は秋山アキで、元、警備会社をやっていた男女です。今は、どうやら、小笠原の下で、働いていると思われます。よく、この二人の顔を、覚えておいた方がいいですよ」

「どうしてです？」

「あなたを、この二人が殺しに来ると思うからです」

十津川は、ずばりと、いった。

一瞬、脇田は、声をなくしたように、黙ってしまった。そのまま、しばらく、水野と秋山アキの写真を、見ていた。

その脇田に向かって、十津川は、追い打ちをかけるように、

「全てを、正直に話して下されば、われわれは、あなたを助けられます」

「僕は、何も知りませんよ」

「あなたは、小笠原という男を、よく知っている筈だ。冷酷で、平気で、人を殺せることも知っているんでしょう。多分、小笠原は、海外の紛争地帯で、金のために、テロをやって来たんだと、思う。プラスチック爆弾を仕掛けて、建物を爆破したり、人を殺したりしてきたんだと思っています。そんな小笠原の正体を、あなたは、知っているんじゃありませんか？」

「――――」

脇田は、黙ってしまった。

それでも、十津川は、相手を、説得するように、

「あなたには、彼に対して、何か、負い目があるんですか？　中東か、アフリカか、南米で、小笠原を助けて、テロをやったんですか？　それとも、帰国してから、このビデオ販

売会社を始めるのに、彼から、金を貰ったんですか？　白石に、あんなビデオを送り、彼を、爆殺犯に仕立てようとしたのも、小笠原から頼まれたんだと思いますが、小笠原は、坂本ひろみを殺し、白石も消したように、今度は、あなたを消そうとしますよ。われわれは、あなたを守り、小笠原を殺人犯として、逮捕したいんです。協力して貰えませんか」

「僕は、何も知らないんですよ」

と、脇田は、なおも、いう。

「これでは、あなたを助けられませんよ」

「僕は、別に、警察に助けてくれと頼んでいるわけじゃない」

「警部。放っておこうじゃありませんか。この男は、死にたいと、いってるんです。その通りにさせてやろうじゃありませんか」

亀井が、傍《そば》から脅すように、いった。

「じゃあ、全てを話したくなったら、電話して下さい」

と、十津川は、いい、名刺を渡した。

3

「脇田は、何を怖がっているんでしょうか？」

亀井は、外に出たところで、腹立たしげに、いった。

「過去の傷かな。それに小笠原から受けた資金援助か」

「過去の傷というと、海外で、やったことですか？」

「だと思う。小笠原は、本では、立派なことをしたように書いているが、実際には、汚いことをしてきたんじゃないか。それを、脇田も、手伝ったのかも知れない。白石もね」

「しかし、それを調べるのは、大変ですね。海外でのことですから」

「部長から、外務省に頼んで貰おう。外務省が、世界中の大使館や、領事館に問い合わせてくれれば、小笠原たちのことが、何かわかるかも知れない」

と、十津川は、いった。

すぐ、三上本部長に話し、手続きが、取られていった。

十津川は、その報告を待つ間、大阪府警に頼んで、脇田を守って貰い、また、水野努と秋山アキの二人を、探すことに、全力をあげた。

一ヵ月が、過ぎた。

脇田が、襲われることもなかったが、水野と秋山アキも、見つからなかった。

外務省からの報告が届いた。

〈今までに集まった情報は、左記の通りです。

○イスラエルからの報告。

一時、イスラエルでは、日本人旅行者の中に、パレスチナ解放戦線から、大金を貰って、爆弾テロを行なう者がいるという噂《うわさ》が流れた。その男はタナカという名前で呼ばれていて、当時三十歳前後、爆発物について、かなりの知識を持ち、一人あるいは、二、三人で行動しているといわれた。イスラエル当局の追及が、厳しくなったとたん、パレスチナから姿を消した。

○コロンビアからの報告。

コロンビアの誘拐多発地区で、一時、日本人の資産家、旅行者が、立て続けに、誘拐グループに、連れ去られる事件が起きた。多額の身代金が支払われて、日本人は、釈放されたが、コロンビア当局の話によると、その頃、日本人、或いは日本人旅行者についての情報を誘拐グループに流している日本人がいるという噂が、流れた。その情報は、極《きわ》めて正確で、在住日本人については、財産の額、家族関係などを、知らせ、日本人旅行者については、日本にある資産の額、地位などを、誘拐グループに、知らせているといわれた。

逮捕された誘拐犯の一人は、この情報屋について、タケダという名前で呼ばれ、一人、或いは、二、三人のグループで、タケダがリーダーといわれていると語った。

このタケダは、ほぼ一年間にわたって、活躍したが、その後、行方は、わからなくなった。恐らく、日本に帰国したのだろうと、コロンビア当局は、見ている〉

この中に出てくるタナカと、タケダは、恐らく、小笠原欽也だろうが、証拠はない。

二、三人で行動したこともあるというのは、脇田と、白石のことだろうか？

十津川の推測が正しければ、小笠原は、大金を手にして、帰国した筈である。

「脇田も、その分け前を貰って、帰国後、十三で、ビデオ販売会社を開いたんだと思うね」

十津川が、いうと、亀井も、

「だから、小笠原のいう通りに動いているんでしょうね。また、それを、われわれに、話せないんでしょうね」

「白石も、恐らく、仲間だったと思うんだが、なぜ今回の事件で、標的にされたんだろう?」

十津川が、首をひねった。

「私は、こう考えるんですが。小笠原と、脇田は、金のために、中東やコロンビアで、悪事を働いた。だが、白石は、金のためではなく、ただ、スリルを求めて、行動を共にしたんじゃありませんか。だから、小笠原と脇田の二人とは、もともと、肌が、合わなかった。小笠原が、いくら、大金を払っても、日本での殺しに協力しなかったんじゃありませんか? それで、彼を、犯人に仕立ててやれと考えたんだと思いますが」

亀井が、考えながら、いった。

「ただ、スリルを求めてか——」

「若者特有の考えですよ」

と、亀井は、笑った。

外務省からの報告で、小笠原や、脇田たちが、海外で何をやったか、想像はついたが、この報告だけでは、小笠原と脇田を、逮捕するわけには、いかなかった。

パレスチナでのタナカ、コロンビアでのタケダが、小笠原だろうとは思うが、写真も無いのだ。

「脇田が、全てを話してくれれば、何とかなるんじゃありませんか」

と、亀井が、いった。

「この報告の通りだとすると、脇田は、爆弾テロや、日本人誘拐を、手伝っている。これでは、正直には、話してくれないだろうね。たとえ、海外でやったことだとはいえ、自分の破滅につながりかねないからね」

その危険を承知で、脇田が、協力するとは、とても、思えなかった。

「小笠原は、どう思っているんですかね？　脇田は、絶対、自分を裏切らないと、思っているでしょうか？」

亀井が、きく。

「それなら、脇田は、しばらくは、無事だがね。小笠原の人生は、テロと、裏切りの連続だったと思う。それで、金を貯《た》め、今度は、政治家の地位まで買い取ろうとしている。香取の地盤をだ。そんな男が、人間を信用するとは、とても思えないよ。利用したあとは、自分に危険を及ぼさないように、口を封じようとすると思うね」

「脇田を、どうやって、始末すると、思いますか？」

「小笠原は、今、脇田に、命令する立場にいる。多分、大阪では殺さないだろう。何処か、都合のいい所に呼び出して、水野と秋山アキの二人に、始末させようとする筈だよ」

と、十津川は、いった。

「大阪まで、殺しに来てくれれば、府警が見張っていますから、逆に、犯人を、逮捕できると思うんですが、呼び出されると、面倒ですね」

「それも、ひそかに、呼び出す方法を取るだろうと思う。それが、心配だ」

十津川は、本気で、そう思っていた。大阪府警も、注意はしてくれているだろうが、脇田に四六時中、くっついているわけにはいかない。撒《ま》かれる恐れは、十分に、あった。

水野努と秋山アキの所在が、つかめないことも、十津川の不安を、一層かきたてるのだ。

十津川としては、水野と秋山アキの二人について、全国に、手配する一方、大阪府警と、絶えず、連絡を取って、脇田の動きをつかんでおく以外に、方法がなかった。

もちろん、小笠原についても、捜査を続けていった。

小柳夫婦が、ひかり１２１号の車内で、爆殺された時と、坂本ひろみが、同じく爆殺された時、それに、岡島が、射殺された時のアリバイも調べたが、しっかりしたアリバイが、存在することが、わかった。

そういうことならば、恐らく、水野と、秋山アキの二人に、プラスチック爆弾の扱い方を教え、二人に、殺人をやらせたことになる。

そのうちに、大阪府警から、嫌《いや》な知らせが入った。

脇田が、消えたというのである。

脇田が、社員一人と、車に乗って、店を出たのを、府警のパトカーが尾行したのだが、途中で撒かれてしまったという報告だった。

——交叉点で、信号待ちをしていた時、向こうの車が、突然、赤信号を無視して走り出し、そのため、一瞬、見失ってしまいました。すぐ、追いかけて、停止させたのですが、車内に、脇田の姿はなくなっていました。

と、府警が、電話で、説明した。

困ったが、今更《いまさら》、どうしようもない。小笠原が、脇田に、指示したのだろう。

もし、小笠原が、自分の手で、脇田を消し去ろうとしているのなら、彼の行動を追えば、脇田に、出会うだろう。しかし、小笠原が動かず、今度も、水野と、秋山アキに、やらせるつもりなら、彼を尾行しても、新しい殺人は、防げない。

捜査会議でも、十津川は、その危険を、口にした。

「まず、脇田が、大阪から、何処へ姿を消したのかを知らなければならないんですが、まだ、行く先をつかめていません」

「君は、脇田が、殺されるかも知れないといっているが、必ずしも、小笠原が、彼を消すとは限らんだろう。二人は、共犯なんだ。これから、どうやって、警察から逃げるか、その相談をしようとしているんじゃないのかね？」

三上部長が、異議を唱《とな》えた。

「そうした相談なら、電話で出来ます。わざわざ、危険を冒《おか》し、警察の眼をぐって、会う必要はないと思います」

「脇田に、逃げろと、指示したのかも知れんだろう？　金を渡して、海外へ逃がそうとしているんじゃないのか？　そうした考えだって、出来る筈だ」

と、三上は、いう。

「もちろん、その可能性はありますが、国際空港にも、手配してありますので、脇田か、小笠原、或いは水野努、秋山アキが、海外へ出発しようとすれば、チェックされて、われわれのところに、知らせがある筈です」

十津川は、いった。

「君が、脇田が殺されると考える根拠は、何なんだ？」

「これは、亀井刑事とも、話したことですが、小笠原という男の経歴と性格です。彼は、裏切りで、金儲《もう》けをしてきた男です。それだけに、性格も暗く、他人を利用するが、信用しないのだろうと、思うのです。小笠原は、脇田と水野たちを利用して、殺人を行ないました。だが、いつ、彼等《かれら》が自分を裏切るかも知れないと、不安を持っている筈なのです。特に、脇田は、警察に眼をつけられているので、いつ、警察に、全てを喋《しゃべ》ってしまうかわからない、という疑心暗鬼にとらわれていると思います。それなら、口を封じてしまう方が、安心できると、思うんじゃないかと思いますね」

と、十津川は、いった。

「殺される恐れがあるのなら、何とかしたまえ」

最後に、三上が、大声を出した。

次の日、小笠原は、昼過ぎに、自宅を出ると、事務所には行かず、東京駅に向かった。

三田村と、北条早苗が、尾行に当たった。

――彼は、今、東海道新幹線のホームにあがって行きます。

「何処へ行くつもりかわかるか？」

――新大阪行の切符を買っています。

「新大阪？」

十津川は、首をひねった。

大阪といえば、すぐ、思い浮かべるのは、当然、十三の三田商会であり、脇田のことである。

「とにかく、同じ列車に乗れ」

と、十津川は、三田村と、早苗に、指示しておいた。

そのあと、十津川は、亀井と、日本地図に眼をやった。

「小笠原は、何をする気でいるんですかね？」

亀井が、首をかしげる。

「何かを企んでいることは、間違いないよ。自分が、警察に監視されていることは、知っている筈だ。それを承知で、東京を離れるんだ。ただの旅行だとは、とても、思えないよ」

「われわれを、自分に引きつけておく陽動作戦でしょうか？」

「まず、考えられるのは、それだと、私も思う。水野と、秋山アキの二人に、脇田を殺させるのに、警察の注意を、自分に引きつけておく。一番ありそうなことだ。脇田が、大阪の会社から姿を消しているとき、小笠原が、大阪へ向かっているんだからね」

「すると、逆に、考えた方が、いいでしょうか？」

「逆というと？」

「大阪の逆です。脇田は、大阪と逆の方にいるのではないか。そこに、おびき出されたのではないかということです。小笠原は、自分のアリバイを作るために、わざと、大阪に向かったと考えるんですが」

と、亀井は、いった。

「十分に考えられるが、そこが、何処かが、わからない」

十津川は、険しい表情になっていた。

一時間後、今度は、東名高速下りの沼津《ぬまづ》インターチェンジから、秋山アキによく似た女を目撃したという知らせが入った。

——五分前、東名高速に入って、大阪方面に向かって、走って行きました。車は、赤のホンダシビックで、ナンバーは、品川の——。

「秋山アキに間違いありませんか？」

十津川が、念を押す。

——手配の写真に、そっくりでした。

と、相手は、いう。

十津川は、東名高速をパトロールしている高速道路交通警察隊に連絡し、このホンダシビックを見つけてくれるように、頼んだ。

「見つけても、そのまま尾行して、行く先を知らせて頂きたい」

と、十津川は、いった。

その一方、東京陸運局に、そのナンバーの持ち主を、調べてくれるように頼んだ。

この回答は、すぐ来た。間違いなく、所有者は秋山アキだという答えだった。

「沼津から、東名に入ったとすると、彼女は、伊豆に、潜伏していたんでしょうか」

と、亀井が、いう。

「多分ね。私としては、水野努の行く先が、知りたいよ」

「秋山アキも、大阪方面へ向かっているとなると、どういうことなんですかね？　陽動作戦としても、少し、大げさ過ぎませんか」

「何かあったのかも知れない」

と、十津川は、いった。

第七章　最後の罠《わな》

1

事態が、動き出していると、十津川は、感じた。

まだ、どう動いているのか、わからなかったが、見えないところで、今回の事件が、終局に向かって、動いているのだ。

小笠原の自宅を見張っていた西本と、日下の二人が、十津川に、電話で連絡してきた。

——今、男が一人、小笠原の家に入りました。

と、西本が、いう。

「小笠原は、今、大阪に向かって、新幹線に乗ってるんだ。彼は、留守の筈《はず》だ」

——しかし、中年の男が、一人、入って行ったのは、事実です。

「何者だ？　水野努か？」

――わかりません。何しろ、コートの襟《えり》を立て、サングラスをかけていました。ひげを生《は》やしていましたが、変装かも知れません。

「家に、誰がいるんだ？　小笠原は留守なのに」

――留守番がいるのかも知れません。

「その男は、まさか、留守番のお手伝いさんに、会いに来たわけじゃないだろう？」

――それも、わかりません。踏み込んで、確かめますか？

西本が、きく。

「すぐには、家宅捜索の令状は、とれんよ」

十津川は、いらだつ気分を、おさえて、いった。

とにかく、厳重に、見張るように指示して、電話を切ると、亀井が、

「おかしなことになってきましたね」

「誰なのか、知りたいな」

「今、小笠原も、秋山アキも、大阪に向かっているわけでしょう。それなのに、誰が、何のために、留守の小笠原宅を、訪ねて行ったんでしょうか？」

「やはり、陽動作戦だったのかな？」

十津川が、呟《つぶや》いた。その顔が青白い。

「小笠原の動きがですか？」

「それに、秋山アキの動きだ」

「残るのは、水野努ですが」

「それに、脇田がいる」

と、十津川が、いった。

「脇田が、小笠原に会いに来たということですか？　しかし、それなら、大阪にいて、小笠原を呼ぶんじゃありませんか？」

「それで、脇田が死ねば、小笠原に、当然、疑いがいく。それじゃあ、小笠原が、困るだろう。殺すにしても、大阪へ行って、殺すわけにはいかない。とすれば、まず、アリバイ作りだ。例《たと》えば、失踪した脇田が、会いたいと、電話して来たら、東京に来いといっておいて、自分は、わざと、大阪へ行ってしまう。それで、アリバイは、完全になる。小笠原は、自分が、われわれに監視されていることを知っていて、警察をアリバイ証人にする気なんだよ」

「じゃあ、東京には、誰がいて、脇田を迎えるんですか？」

「もちろん水野努だよ。彼に、東京で、脇田を殺させる気でいるんだと、思っている。水野が、小笠原の自宅にいて、脇田を迎えさせ、殺させる」

と、十津川は、いった。

「じゃあ、脇田は、危ないですね」

「変装して、小笠原の家に入って行った男が、脇田なら、危険この上ない状況にいると思うね」

十津川は、携帯電話で、西本に連絡を取った。

「小笠原の家に、ひげ男が入ってから、何か、変わった点はないか？」

――今のところ、静かなものです。

「そのひげ男は、脇田の可能性が強い」

――脇田、ですか。

「そうだ」

――脇田が、小笠原に会いに来たわけですか？

「そう考えて、いいと思う。身長や、体型は合っているんだろう？」

――合っています。

「それなら、間違いなく、小笠原に会いに来たんだよ」

――それなのに、小笠原は、大阪に向かっています。連絡が取れていないんでしょうか？

西本が、きく。

「いや。脇田は、小笠原に、会いに行くと、連絡した筈だ。だから、小笠原は、わざと、反対方向に向かったんだ。アリバイ作りにね」

――じゃあ、脇田を殺す気ですか？

「ああ。水野努が、小笠原の代わりに、彼の家にいて、脇田を迎えることになっているんだと思う。脇田の口を封じるためにだよ」

――しかし、水野とカップルを組んでいる秋山アキも、大阪へ向かっているんでしょう？

「そうだ。みんなアリバイ作りだよ。それに、警察に対する陽動作戦もあるだろうと思う。われわれの眼を、関西に向けさせておいて、その間に、東京で、脇田を殺すつもりだろう」

――脇田を殺すのは、彼が、危険な存在になったからでしょうね。

「もちろん、そうだ。われわれの考えでは、脇田は人殺しはしていない。だから、小笠原にとっては、危険な存在なんだろう。怯《おび》えて、警察に、全《すべ》てを話してしまう恐れがある」

――今から、小笠原の自宅に、踏み込んで、脇田を、連れ出しましょうか。もし、そこに、水野もいたら、彼にも、同行を求めますよ。

西本が、いった。

「駄目だ。理由は、さっき話した通りだ。しかも、現職議員の秘書が絡《から》んでいるからな」

と、十津川が、いう。

——じゃあ、どうしたらいいんですか？

「見張るより仕方がない。彼の悲鳴でも聞こえたら、踏み込め」

——まだ、何も聞こえません。ひっそりと、静まり返っています。

「中に、水野がいると思うか？」

——わかりません。われわれが、監視する前に、あの家に入ってしまったのかも知れませんから。われわれは、家を、監視するより、小笠原を監視していましたから。

と、西本は、いった。

確かに、その通りだった。十津川の指示も、小笠原を監視しろということで、彼の自宅や、事務所を監視しろではなかった。

一時間後、今度は、西本の方から連絡してきた。

——男が、出て来ました。サングラスをかけ、ひげを生やした男です。

「脇田と思われる男か？」

——そうです。どうしましょうか？

「小笠原の家の様子は、どうだ？」

「――相変わらず、静かです。

「水野が、いるかどうかわからないか？」

「――わかりません。早く、指示を与えて下さい。ひげ男を、尾行するのか、小笠原の家を監視するのか。

西本が、きく。

十津川は、迷った。脇田と思われる男は、一時間以上も、小笠原宅にいたことになる。肝心《かんじん》の小笠原がいないのに、なぜ、一時間以上も、いたのか、それも知りたかった。恐らく、水野がいたのだろうと思うが、その水野は、どうしているのだろうか？

「君が、男を尾行し、日下刑事に、引き続いて、小笠原宅を、監視させろ」

と、十津川が、指示を与えた瞬間だった。

受話器から、「どーん」という音が聞こえ、西本の悲鳴が、した。

「どうしたんだ！」

と、きいた。が、西本の返事がない。

「どうしたんだ？　返事をしろ！」

と、十津川は、怒鳴《どな》った。それでも、返事がなかった。

「どうしたんだ？　何があったんだ！」

十津川が、更《さら》にきくと、やっと、声が聞こえたが、その声は、西本ではなく、日下のものだった。

——爆発です。小笠原の家で、爆発がありました。もの凄《すご》い爆発で、今、家全体が炎に包まれています。

「西本は？」

——家に近づいていたので、爆風で、飛ばされて、倒れています。

「救急車は、呼んだか？」

——消防も呼んでいます！

日下が、怒鳴るように、いう。

「西本は、大丈夫なのか？」

——わかりません。倒れて動きません。いや、動いています！

「何とか、助けるんだ！」

十津川も、怒鳴った。

彼は、傍《そば》にいる亀井に向かって、

「すぐ行こう。四谷三丁目の小笠原の家だ」

と、促《うなが》した。

2

パトカーで、近づくにつれて、前方に黒煙があがっているのが見えた。

救急車のサイレンが、ひっきりなしに聞こえてくる。けたたましく、救急車が、パトカーの横をすり抜けていく。

現場には、日下刑事がいた。

周囲には、爆発の時、散乱したと思われる建物の破片が、無残に落ちている。

火は、小笠原の家から、周囲に広がり始め、消防車が集まり、必死の消火作業に、当たっていた。

「西本刑事は？」

と、十津川は、日下に、きいた。

「近くのT病院に運ばれて行きました。大丈夫だと思います」

と、答える日下も、額《ひたい》から、血を流していた。爆発の時、何かの破片が、当たったらしいと、いう。

「ひげの男は、どうした？」

亀井が、きいた。

「見失いました。この近くで、タクシーを拾ったのは、見ていますが。申しわけありません」

「仕方がないさ。西本刑事のことが、気になったんだろう」

と、十津川は、いった。

眼の前の小笠原の家は、ペシャンコに潰《つぶ》れ、そのあと、火が出たという感じだ。爆発で、一瞬にして、二階建の家が、破壊されてしまったのだろう。

「ひげの男が、出て来てから、どのくらいたって、爆発があったんだ？」

と、十津川は、きいた。

「二、三分だったと思います。五分は、たっていなかったと思います」

「時限装置だな。自分が逃げる時間は、ちゃんと、とっておいたんだ。死傷者は、かなり出たようか？」

「爆発の瞬間、五、六人が、倒れているのが、見えました。死者が出たかどうかは、わかりません」

日下が、答える。

地面の、何ヵ所かが、黒ずんでいるのは、血だろう。

十津川は、携帯で、大阪に新幹線で向かう、小笠原を尾行している三田村に、連絡した。

「今、何処《どこ》だ？」

——名古屋を出たところです。ひかり123号、東京発一四時〇七分の列車です。

と、三田村が、答える。

「小笠原は、間違いなく、乗っているか？」

——グリーン車にいます。座席に腰を下ろして、のんびりと、車内販売のコーヒーを飲んでいます。

「ひとりでいるのか？」

——連れは、ありません。

「今、東京で、爆発があった。四谷三丁目の小笠原の自宅が、吹き飛んで、燃えているところだ。監視していた西本刑事が、病院に運ばれたが、命に別条はないらしい」

——誰が、やったんですか？

と、三田村が、きく。

「ひげの男が、小笠原宅に入り、一時間余りして出て来たんだが、その直後に、爆発が起きたんだ。多分、プラスチック爆弾だろう。小笠原の方だが、携帯電話を、持っているか?」

十津川が、きく。

――持っています。

「それで、何処かへかけたか?」

――新横浜を出て、十五、六分した時、何処かへかけていました。その後、彼は、何処にもかけていませんし、かかってても来ていません。

「つまり、二時過ぎに、何処かへ、かけたというわけか?」

――正確にいうと、二時四十分頃です。

「東京では、ひげの男が、小笠原の家に入ったのが、三時頃だ。その二十分前ということになる」

――どういうことでしょうか?

逆に、三田村が、きく。

「小笠原は、今日の午後三時に、東京の自分の家を、誰かが、訪ねて来るのを知っていたんだということだ。そいつは、多分、脇田だろうと思う。そこで、小笠原は、アリバイを作るために、新幹線で、大阪へ向かった」

——東京の彼の家には、誰がいたんですか？

「これも、想像だが、水野努がいて、脇田を迎えることになっていたんだと思う」

——脇田を、殺すためですか？

「多分、そうだろう。それで、小笠原は、アリバイを作るために、大阪へ向かう新幹線に乗ったんだと、私は、思っている」

——それでは、二時四十分に、小笠原は、水野に電話したんでしょうか。三時に、脇田がやってくるから、始末しろと。

「ああ。全部、想像だがね。今、小笠原は、その結果が、報告されてくるのを待っているんだと思う。だが、それは失敗した。脇田は無事に逃げ出し、小笠原の家は、爆破された」

——警部のいわれる、ひげの男が、脇田というわけですか？

「彼が、脇田なら、逆に、水野を始末し、時限爆弾を仕掛けて、逃げ出したことになる。火災がおさまったら、焼跡を調べるつもりだ。その結果は、すぐ知らせる」

と、十津川は、いった。

電話を切ると、十津川は、日下に向かって、

「ひげ男の乗ったタクシーは、覚えているか？」

「栄光《えいこう》タクシーです。ナンバーは、確か551号だと思います」

「栄光タクシーに連絡して、すぐ、そのタクシーが、ひげの男を、何処まで運んだか、調べてくれ」

と、十津川は、いった。

火災は、少しずつ消えていく。十津川と亀井は、消防隊員たちの傍へ行き、消火の指揮に当たっている隊長に、警察手帳を見せた。

「この火事は、殺人事件が絡んでいます。消火次第、一緒に、現場に入らせて下さい」

と、十津川は、頼んだ。

現場、特に、火元の小笠原の家あたりは水浸《びた》しになっていた。

消防隊長と、十津川、亀井の三人は、焼跡に近づいた。

「火薬の匂いがしますね」

隊長が、いう。

「プラスチック爆弾が、使われたんだと思います」

十津川が、いった。

「火災のためにですか？」

「いや。殺人のためだと思います」

「人殺しに——？」

「そうです。その証拠を、つかみたいんです」

コンクリートのかたまり、焼けた木の柱、ぐにゃぐにゃになった鉄筋。そんなものの中に、三人は、踏み込んで行った。

「このあたりが、火元でしょうね。火薬の匂いが、激しい」

「ちょっと待って！」

と、十津川が、叫んだ。

倒れたコンクリートの下に、人間の身体を見つけたのだ。

そこだけは、火薬の匂いに混じって、人肉の焼けた匂いがした。

男の死体だった。顔も、髪も、焼けて、焦《こ》げている。

消防隊長が、部下たちを呼び集め、死体を運び出すように、命じた。

作業が、始まった。

焼死体が、運び出される。中年らしい男の焼死体だが、誰だかは、わからなかった。

十津川の推理が正しければ、水野努ということになるのだが、その判断はつかなかった。

死体は、片足がなかった。多分、爆発の時、吹き飛ばされたのだろう。

死体は、司法解剖のために、大学病院に運ばれることになった。

栄光タクシーからの回答が、十津川の携帯電話に、寄せられた。栄光タクシーの新宿営業所からだった。

——うちの551号車ですが、今、無線で連絡が取れました。四谷三丁目近くで、中年の男性を乗せ、JR東京駅まで、運んだそうです。

と、いう。

「そのあとは?」

——八重洲《やえす》口で降ろし、そのあとは、わからないといっています。

「新幹線に乗ったのかな?」

——かも知れませんが、運転手は、お客が、駅の構内に入るのを見届けただけだと、いっています。

「ありがとう」

と、十津川は、いった。

ひげにサングラスの男は、ともかく、火災現場から、タクシーで、東京駅に行ったのだ。

ひげにサングラスは、変装の初歩だろう。

彼が、脇田だとすると、どういうことになってくるのだろうか。

焼死体は、水野の可能性が、強くなってくる。

十津川の推理が当たっていれば、水野は、小笠原の指示を受けて、待ち構えていて、脇田を殺そうとしたが、逆に、殺されてしまったのだ。

「ひげの男だが、小笠原宅に入る時、手に何か持っていたか？」

と、十津川は、日下に、きいた。

「何も持っていなかったと思います」

「それは、間違いないのか？」

「ボストンバッグでも持っていれば、覚えている筈です」

と、日下は、いう。

それなら、爆発物は、小笠原の家に、あったことになってくる。

水野は、爆発物を用意して、脇田を待っていたのか。

十津川の携帯が、鳴った。

――三田村です。今、小笠原に、電話がかかって来ました。デッキに出て、携帯を聞いています。

と、三田村が、いった。

「彼の様子は、どうだ？」

――どうも、様子が変です。不機嫌な顔で、自分から、電話を切ってしまいました。座席に戻ってからも、険《けわ》しい表情をしています。

と、三田村が、いった。

「期待して待っていた電話とは、違ったんだろう」

十津川が、いった。

これで、ますます、自分の推理が、当たっていたようだと、十津川は、確信した。

3

小笠原は、アリバイを作っておいて、東京で、水野に、脇田を殺させようと企《たくら》んだ。

だが、逆に、水野は、脇田に殺されてしまった。

脇田は、東京駅に向かい、そこで、小笠原の携帯に、かけたのだろうか。

おれは、生きているぞとである。

小笠原は、愕然《がくぜん》としたに違いない。新幹線の車内で、アリバイを作りながら、水野の電話を待っていたのだろうから。

午後五時すぎに、三田村から、電話が入った。

——一七時〇四分、定刻どおり、ひかり123号は、新大阪に着きました。引き続き、小笠原を尾行します。

「見失うなよ」

と、十津川は、いった。

新大阪で、降りたあと、小笠原は、タクシーに乗ったが、なぜか、大阪市内には、入らず、上りの名神《めいしん》高速に入ったと、三田村が、知らせてきた。

（何処へ行く気なのか？）

更に、一時間ほどして、尾行している三田村から、連絡が入った。

——小笠原の乗ったタクシーは、京都南インターで、京都市内に出ました。

「京都に行く気なのか？」

——わかりません。とにかく、京都南インターで、高速を出ています。

と、三田村は、いう。

問題のタクシーは、京都市内を走り抜け、JR京都駅から、駅近くのGホテルに入っている。

小笠原が、Gホテルのフロントで、チェック・インを果たしたと、三田村に同行している北条早苗が、知らせてきた。

——彼が入ったのは、一二〇八号室です。

と、早苗が、いった。

「京都へ行くんなら、なぜ、新幹線の京都で降りなかったんだろう？　なぜ、わざわざ、新大阪まで行き、戻ったんだろう？」

十津川には、それが、不可解だった。

——多分、新大阪で降りてタクシーに乗ったあと、電話連絡があったんじゃありませんか。

と、早苗と替わった三田村が、いう。

「そうだな。急遽《きゆうきよ》、行き先を変更したとすれば、それしか、考えられないな」

十津川も、肯《うなず》いた。

誰かが、東京の自宅が、爆破されたことを知らせたのだろうか？

しかし、誰が、小笠原に知らせ、なぜ、京都に行くことになったのだろうか？

「われわれは、小笠原は、水野を、自宅に置き、訪ねてくる脇田を殺させようとしたと考えました」

と、亀井が、いう。

「この推理は、当たっていると、思うよ。焼跡から見つかったのは、多分、水野だ」

「そうなると、水野が、小笠原に知らせたとは、思えません。残るのは、脇田ですが、ひかりでの電話も含め、彼が、わざわざ、自分を殺そうとした小笠原に、知らせますかね？」

「知らせるケースが、あるかも知れないよ」

「どんなケースですか？」

「脇田の宣戦布告だよ。脇田は、何かの相談をしに、東京の小笠原の家を訪ねた。ところが、小笠原は、その脇田を殺そうとした。脇田は、キレてしまって、小笠原に、宣戦布告をしたというケースだ」

「なるほど。宣戦布告ですか」

「もし、そうなら、脇田は、小笠原を、殺す気だ」

と、十津川は、いった。

その夜、捜査本部の十津川宛に、ＦＡＸが、届いた。

〈私は、脇田三郎です。

十津川さんとは、すでに、お会いしていますね。

私は、十年前、坂本ひろみのおかげで、手形サギにあい、友人二人と作ったリサイクルショップは、倒産し、数百万の借金を背負ってしまいました。

それで、私は、友人二人と別れて、海外に逃亡しました。

中東を放浪している時、私は、小笠原や、白石に会いました。その時は、手形サギの背後に、小笠原がいたとは知りませんでした。

小笠原は奇妙な男で、ある時は、爆発物についての豊富な知識を活用して、少数民族のために、テロ活動を手伝ったかと思うと、要人を誘拐して、身代金を取るグループの手伝いをしたりしていました。悪党ですが、妙な魅力がありました。白石は、若者らしい冒険心から、彼に近づき、私は金が欲しくて、小笠原と、行動を共にしました。

日本に帰ってくると、私は、小笠原から貰《もら》った金で、十三で、ビデオ販売会社を始めたのですが、私が、海外に行っている間に、友人二人が、四国で、焼死したことを、ある筋から、知りました。

今でも、私には、二人が、どうして焼死したのか、本当のことは、わかりません。しかし、うどん屋の主人、小柳夫婦との関わりで、焼死したことは、間違いないのです。

久しぶりに、京都で、小笠原と、白石の二人に、会ったとき、その話をしました。

小笠原は、それを聞くと、なぜか、小柳夫婦が、君の友だち二人を、焼き殺したに違いないと、ムキになって主張するのです。

そして、友人として、仇《かたき》を取るべきだとも主張しました。

私が気乗りせずにいると、では、おれが、仇を取ってやろう。その代わり、こちらの計画に協力してくれといいました。

小笠原が、いった計画というのは、今、坂本ひろみという女に、罠《わな》をかけられ、金をゆすられている。その女を、消したいということでした。

私は、その名前を聞いて、びっくりしました。坂本ひろみといえば、十年前、私を、手形サギで、破滅させた女の本名だったからです。

私は、彼女の背後に、十年前、小笠原がいたことは知りませんから、坂本ひろみに復讐することに、賛成しました。

小笠原の計画によれば、まず、小柳夫婦を、ひかりの車内で、爆殺する。これは、小笠原が、部下を使ってやるが、彼と小柳夫婦とは、何の関係もないから、彼は疑われないだろう。次に、同じ方法で、坂本ひろみを殺せば、警察は、同一犯人と考えて、小笠原も、私も、疑われないということでした。

最初の計画では、坂本ひろみの爆殺は、白石に頼むことになっていたのです。彼と、坂本ひろみは、接点がないから、疑われることがないというのが、小笠原の主張でした。その代わり、白石には、小笠原と、私が、礼金を払うということでした。ところが、白石は、拒否しました。彼は、潔癖《けっぺき》さから、断わったのです。そこで、私と、小笠原は、白石に疑いがかかるようにすることを、考えました。

それがあのビデオです。あの謎めいたビデオを送りつければ、白石は、何だろうと思って九月二十日のひかり121号に乗り込むだろう。そして、容疑者となる。そう考えたのです。

ところが、井上という青年のおかしな行動で、変なことになってしまいましたが、九月二十日には、そのことは知らず、第一の殺人が、実行されました。

プラスチック爆弾は、小笠原が作り、彼が、日頃、金で飼っていた水野努と、秋山アキの二人に、実行させたのです。私は、その時、自分のアリバイ作りに専念していました。

残るは、坂本ひろみの爆殺。それで、終了する筈でしたが、井上青年のおかげで、彼の友人の岡島という青年まで、殺すことになってしまいました。これも、小笠原が、水野と、秋山アキの二人を使って、やったのだと、思っています。

警察は、私と、白石を、疑い始めました。

私は、実行犯ではなくても、小笠原の殺人計画に賛成し、手助けしましたから、警察には、何も喋《しゃべ》れませんでしたが、白石は、最初から反対でしたから、警察に、喋る危険が、生まれてきました。

小笠原は、敏感に、それを感じ取って、とうとう、仲間の白石も殺してしまったのです。

私は、次第に、不安になってきました。警察には監視されているし、そのうち、小笠原が、私の口を封じようとするのではないか。その上、この頃になると、十年前の手形サギの本当の犯人は、坂本ひろみではなく、小笠原らしいと、わかって来ました。

私は、小笠原に会って、この真偽《しんぎ》を確かめ、合わせて、私を殺す気かと、聞きたくて、姿を隠して、上京し、携帯で、小笠原に、これから行くと、伝えました。

小笠原は、四谷三丁目の自宅へ来てくれ。君の疑問に、全《すべ》て答えたいと、いいました。そこで、今日変装して、彼の自宅を訪ねました。ところが、小笠原はいず、水野がいて、話をしている最中、いきなり、私を殺そうと、ナイフを持って襲って来たのです。私は、とっさに、テーブルにあった大理石の灰皿で、殴《なぐ》りつけました。その一撃で、彼は、その場に倒れてしまいました。

部屋には、小笠原が作った、時限装置つきのプラスチック爆弾が置いてありました。

多分、小笠原は、水野に、私を殺させ、死体もろとも、爆破してしまおうと、考えていたに違いありません。

それを見た時、私は、初めて、小笠原を殺したくなりました。

そのプラスチック爆弾で、彼の家と水野の死体を、吹き飛ばしてやりたくなったのです。そこで、それを実行し、そのあと、小笠原の携帯に、かけました。

私は、彼に、いってやりました。お前の手下の水野は、殺した。これから、お前を殺してやるから、連絡を待てとです。

京都のGホテルに行けともいいました。京都は、私たち三人が、帰国したあと、最初に会った場所です。小笠原が殺人計画を立てた場所でもあります。

私が、小笠原を倒せるかどうかわかりません。彼は本当の悪党だし、知恵もあり、爆発物についての知識も持っています。私の方が、殺されるかも知れません。

もし、私が、殺されることがあったら、このFAXを利用して、彼を、刑務所に送って下さい。

脇田三郎〉

十津川警部様

4

発信は、名古屋市内のKというコンビニになっていた。

脇田は、そこに寄って、このFAXを送って来たのだろう。

「彼は、東京駅から、新幹線に乗ったんじゃなかったんですね」

と、亀井が、いった。

「東京駅で、レンタカーを、借りたんだろう。それで、京都に向かったんだ。その途中、名古屋で、この手紙をFAXで、送って来たんだと思う。時間的に合うよ」

十津川が、いうと、若林《わかばやし》が、

「すぐ、東京駅のレンタカーの営業所へ行って、調べて来ます」

と、日下と、飛び出して行った。

若林と、日下の二人は、一時間後に、電話してきた。

――駅構内の中央《ちゅうおう》レンタカーで、間違いなく、脇田は車を借りています。白のニッサンスカイラインGTです。

若林は、そのプレートナンバーも、いった。

「わかった。すぐ、京都府警に、連絡しておこう」

と、十津川は、いった。

時刻は、すでに、午後十時を廻り、京都へ行く新幹線は、なくなっている。

「明日、早朝に、出発するより仕方がないな」

十津川は、亀井に、いった。

「脇田は、何をする気でしょうか？」

亀井が、険しい表情で、十津川を見た。

「京都で会い、小笠原を倒すつもりだと、FAXに、書いている。殺すつもりというのは、本当だろう」

と、十津川は、いった。

「小笠原に電話したとも、書いていますが、正々堂々と、戦って、脇田は、勝てるでしょうか？」

亀井が、きく。

「多分、脇田は、やられてしまうだろう。FAXにも、そう書いているよ。自分が、やられた時、小笠原を逮捕してくれとね」

「なぜ、われわれのところに、自首して来なかったんでしょうか？　脇田は、小柳夫婦や、坂本ひろみ、それに、白石や、岡島の殺害に、関係していないんでしょうし、水野を殺したのも、正当防衛でしょうに」

「自首できない理由があるのさ。FAXに、書いてないことがだよ」

「海外で、小笠原や、白石と、あくどいことをやったということですか？」

「多分ね。冒険心と、日本でない気安さで、犯罪に手を染めたことがあるんじゃないかね。それは、彼等《かれら》三人にとって、絶対に口外してはならないことに違いない。だが、一人が、警察に出頭すれば、嫌《いや》でも、それは、公《おおやけ》になってしまう。だから、脇田は、どうしても、われわれの所に、出頭しないんだと思うね」

と、十津川は、いった。

「京都の何処で、脇田は、結着をつける気ですかね？」

亀井は、京都府の地図を持ち出して来て、机の上に広げた。

「小笠原は、京都駅近くのGホテルに、チェック・インした。そこから、余り遠い場所なら、Gホテルには入らないだろう」

「海外から帰ったあと、最初に、三人は、京都で会ったと、脇田のFAXには、ありましたね」

「ああ、そうだ」

「海外で、何年も過ごしたあとだったので、もっとも、日本的な京都で、会ったということなんでしょうか？」

「それに、小笠原と白石は、東京にいたし、脇田は、大阪で、ビデオ販売会社を始めた。その三人が会うというので、東京と大阪の間の京都にしたのかも知れない」

「脇田は、そのとき会った場所に、小笠原を呼び出すつもりですかね？」

「その可能性はある」

と、十津川は、いった。

「では、多分、市内の何処かだと思いますね」

5

夜が明けた。

十津川たちは、午前六時〇〇分東京発の「のぞみ1号」で、京都に向かった。

京都着八時一五分。Gホテルに向かうと、三田村と、早苗が、青い顔で、十津川を迎えた。

「小笠原が消えました」

と、三田村が、報告した。

「消えたって、どういうことなんだ？ 見張っていなかったのか？」

「府警の刑事にも協力して貰って、完璧《かんぺき》に、監視していたつもりなんですが、小笠原は、消えてしまっていたんです」

「透明人間みたいにか？」

「このホテルは、地下に駐車場があります。もちろん、車で出発する客もいるので、それも、チェックしていたんですが、小笠原は、他人の車のトランクに隠れていたものと思われます。彼なら簡単にあけられるでしょうから。ですから、正式に、チェック・アウトはしていないのです。フロントが、まだ、部屋にいますというので、それを、信用したのが、失敗でした」

「わかった」

十津川は、短くいった。

もう、小笠原が、このGホテルにいないことは、間違いないのだ。その理由について、今更《いまさら》、考えてみても時間の無駄だった。

「小笠原の所持品は、どんなものだったんだ？」

十津川は、三田村と早苗に、別のことを、きいた。

「ボストンバッグ一つだけです」

と、早苗が、答える。

十津川は、その大きさを聞いてから、

「その中に、爆弾が入っているのかも知れないな」

小笠原は、すでに、三発のプラスチック爆弾を、作っている。

そのため、小柳夫婦、坂本ひろみ、そして、水野努が、死んだ。

今、脇田は、小笠原と対決するために、京都にやって来ている。再び、プラスチック爆弾が、使われる恐れは、十分にある。

「西本刑事の様子は、どうですか？」

三田村が、十津川に、きいた。

「二、三日もすれば、退院するそうだ」

「これから、どうしたらいいと、思われますか？」

早苗が、きく。

「小笠原は、東京で脇田を殺そうとして失敗し、脇田は、小笠原に復讐を誓って、京都に来ている筈だ。この二人に、秋山アキという女が、絡んでくるんだが、三人とも、今、何処にいるか不明だ。一刻も早く見つけ出さないと、大変なことになる」

「でも、どうやって、見つけます？」

「われわれだけでは、無理だ。第一、ここは、東京じゃなくて、京都だよ」

十津川は、急遽、京都府警と、会議を持つことにした。

その席で、十津川は、これまでの事件の推移を、説明したあと、

「今、わかっているのは、脇田が、東京のレンタカーの営業所で借りた車と、そのナンバーだけです。車は、白のニッサンスカイラインGTで、ナンバーは、××××です」

「スカイラインGT？　彼は、カーチェイスでもやる気なんですか？」

府警の刑事の一人が、いった。

十津川は、微笑して、

「脇田も、小笠原も、若い時、中東や、アフリカなどで、テロに関与していましたから、その時の思いがあるのかも知れません。まず、この車を見つけ出して欲しいのです」

「脇田が、車を乗り換えている可能性もあるでしょう？」

「可能性はあります。しかし、脇田は、われわれのところにFAXを送って来て、全てを自供しています。今は、小笠原への復讐心だけで動いていて、警察から逃げる気は持っていません。従って、車を乗り換えたりは、していないと思います」

と、十津川は、いった。

京都府警は、全パトカーに、この白いスカイラインGTを発見次第、報告せよという命令を伝えた。

「見つけても、すぐには、脇田を逮捕したくないのです」

と、十津川は、いった。

「私が、本当に逮捕したいのは小笠原なのです。彼こそ、本物の悪党です。だから、脇田との絡みで逮捕したい」

「しかし、脇田が、殺したあとでは、死体しか、確保できませんよ」

と、京都府警の警部が、いった。

いずれにしろ、脇田の車が見つからなくては話にならなかった。

だが、時間だけが、たっていった。

6

午後八時二十分。

京都の町にも、夜の帳《とばり》がおりてしまって、一層、スカイラインGTを見つけにくくなっていた。

北の貴船《きぶね》神社のあたりは、昼間は観光客の姿もあるが、夜になれば、人通りも、ぱったり絶えてしまう。

ここまで、あがってくる車もなくなる。

暗い夜の一角で、突然、激しい爆発音と同時に、強烈な閃光《せんこう》が走った。

一台の車が、炎を噴《ふ》いて、燃えあがった。

真っ赤な火柱が、闇を引き裂く。

広い空地で、炎の狂宴だった。空地を囲む杉木立にまで、火の粉《こ》が飛び、ばちばちと、燃えていく。

貴船神社の神主《かんぬし》は、その時、ジェット機でも、墜落したのかと思ったという。

彼の通報を受けて、十津川たちは、府警の刑事たちと一緒に、現場に向かった。貴船川沿いの登り道を、パトカーが、二台、三台と、全速力で、登って行く。

夏の時期、京都市民が、涼を求めて、この道を、車で登り、料亭の床《ゆか》で、涼をとりながら、食事をする。

消防車も、サイレンを鳴らしながら、パトカーと一緒に、駈けつけた。

空地では、まだ、車が炎を噴きあげていた。

十津川は、その車より、近くにとまっている白い車の方に、注目した。

炎に照らし出されたのは、間違いなく、あのスカイラインGTだった。プレートナンバーも合致している。

しかし車内に、脇田の姿はなかった。

(脇田は、あの炎上している車の中なのか?)

十津川は、じっと、その車を見すえた。

他の刑事たちも、燃える車には、近づくことが、出来ない。

消防車の水による消火を、見守るしかなかった。

十津川たちが、駈けつけてから、更に、三十分近くかかって、やっと、鎮火にこぎつけた。

そこにあったのは無残な、骸骨《がいこつ》のような車体だった。

車の骨組みは、熱のために、ひん曲がっている。近づくと、異臭が、鼻をついた。

煙硝《えんしよう》の匂いと、それに、肉の焼けた匂いである。もう一つ、ガソリンの強烈な匂い。

焼けただれた車体に、三つの遺体が、折り重なって、倒れているのを発見した。

どの遺体も、判別がつかないほど、焼け焦げていた。

「ひどいな。こりゃあ」

と、刑事の一人が、呟いた。

手足が、ちぎれた死体もあった。爆発の時、ちぎれてしまったのだろう。

「一人は、女性ですね」

と、亀井が、十津川に、いった。

「秋山アキかも知れないな」

「あとの二人は、男性です。小笠原と脇田ですかね？」

「多分な」

と、十津川は、いった。

ここで、何があったのか、想像がつくようでもあり、何もわからないようでもあった。

近くにとまっているニッサンスカイラインGTは、脇田が乗って、ここまで来たのだろう。

とすると、炎上した車は、秋山アキの車か、それとも、小笠原が、Gホテルを出たあと、何処かで調達した車なのか。

焼け焦げた三つの死体は、すぐ、司法解剖のために、京大病院に運ばれて行った。

亀井が、空地を探して、金属の破片を拾いあげた。

「車体の一部で、爆発の時、飛んだんでしょう。おかげで、焼けていません。車体の色が、わかります。燃えた車は、赤い色だったんです」

「秋山アキの車の色は赤色だったな」

と、十津川は、いった。

刑事たちは、焼けた車体から、必死になって、事件解明の手掛かりになりそうな物を探した。

その結果、焼けたナイフが、見つかった。

刃渡り十八センチの、アーミーナイフである。

司法解剖も、急ピッチで行なわれた。一刻も早く、三つの死体が、誰なのかを、知りたかったからである。

夜明け近くには、解剖の結果が、出た。

一人目は、男性。四十歳〜五十歳。身長一七五センチ。体重七〇キロ。胸を、二カ所、アーミーナイフで刺されている。血液型は、A。

二人目は、男性。三十歳〜四十歳。身長一七三センチ。体重六五キロ。右手、右足を失っている。血液型B。

三人目は、女性。身長一六〇センチ。体重五〇キロ。外傷なし。血液型O型。

三人の体格は、それぞれ、小笠原、脇田、それに、秋山アキに似ている。

血液型も一致していた。

わかったことは、この司法解剖の結果以外にも、いくつかあった。

一人目の男の左薬指に、金の指輪が、はまっていた。その指輪には、ダイヤがついていたと思われるのだが、そのダイヤは、高熱で、炭素化してしまっていた。

東京で、調べて貰ったところ、小笠原は、日頃、大きなダイヤの指輪をして、それが、自慢だったということが、わかった。

こうした結果から、一つのストーリイが、考えられた。

ニッサンスカイラインGTで、京都にやって来た脇田は、小笠原に会いたいと、電話する。

小笠原は、Gホテルを脱出したあと、秋山アキと、連絡を取り、彼女の赤いホンダシビックに乗り、脇田との待ち合わせ場所、貴船に向かった。

二台の車が、会ったのは、夜の八時近くだろう。

脇田は、シビックに、乗り込んで、小笠原を激しく難詰《なんきつ》する。その揚句《あげく》、かっとして、持っていたアーミーナイフで、小笠原を刺した。

小笠原の方は、最初から、脇田を殺す気で、時限爆弾をセットしておいたに違いない。

小笠原の腹づもりでは、脇田を殴りつけて気絶させ、秋山アキもろとも、プラスチック爆弾で、粉砕してしまう気だった。

ところが、いきなり、脇田に、刺されてしまった。その直後に、時限爆弾は、爆発した。脇田の右手と右足が、吹き飛んでいるのは、彼の傍に、プラスチック爆弾の入ったボストンバッグが、あったからに違いない。

この推理が当たっていれば、今回の事件は、終わったことになる。

京都府警は、この考えに、賛成した。

7

「あのガソリンの強烈な匂いが、わからないんだよ」

と、十津川は、当惑の表情で、いった。

「そりゃあ、車には、ガソリンが積んでありますから、それが、燃えたんでしょう」

亀井が、いう。

「それは、わかっている。地面まで燃えていたのは、ガソリンタンクから洩《も》れ出したんだろう。私のいうのは、三つの焼死体からガソリンの燃えた匂いがしていたことなんだ」

「誰かが、ガソリンをかけたんじゃありませんか」

「誰がだ？」

「例えば、脇田です。小笠原を刺したあと、ガソリンをかけたんです。それだけ、憎しみが、強かったんじゃありませんか」

「しかし、何のために、そんなことをするんだ？　脇田は、覚悟していたんだよ」

「じゃあ、秋山アキですか？」

「違うね。第一、かけたガソリンの量は、かなりの量だよ。燃えたシビックからは、ガソリンが、地上に洩れているし、ニッサンスカイラインの方は、かなりのガソリンが、残っていた」

「じゃあ、誰が？　何のために？」

と、亀井が、きく。

「私は、もう一台、車があったんだと思っている」

と、十津川は、いった。

「もう一台ですか？　誰の車ですか？」

怪訝《けげん》な顔をして、亀井がきく。

「小笠原が、Gホテルから抜け出るとき、地下駐車場にあった他人の車のトランクに、もぐり込んだということだったじゃないか。その車だよ」

と、十津川は、いってから、

「私は、別のストーリイを考えたんだよ。小笠原は、誰かの車のトランクに隠れていた。ホテルを離れたところで、車の主は、気付いて、驚いて、トランクから、小笠原を助け出した。小笠原は、中年で、背恰好《せかっこう》も、自分に似ている男の、車を、選んだのだろう。そこで、一つの計画を立てた。テロ活動や、誘拐などを海外でやっていた小笠原には、相手をクロロフォルムで、眠らせることなど、簡単だったと思う。そうして、今度は、男を、トランクに放り込んだ。ガソリンスタンドに寄り、ガソリンを一缶買い、金物店でアーミーナイフを買い込む。そうしておいて、脇田、秋山アキと、貴船の空地で、会った。夜になってからだ。そして、自分の車に、脇田と、秋山アキを誘った。だから、その時、空地には三台の車があったんだ。話し合っている隙《すき》を見て、小笠原は、クロロフォルムで、二人を眠らせる。意識を失った二人を、秋山アキのシビックに乗せ、続いて、トランクに放り込んでおいた男も、シビックに、運び込む。脇田が小笠原を刺したように見せかけるために、男の胸を、アーミーナイフで刺し、ナイフを傍に置く。それから、買って来たガソリン一缶を、ジャブジャブと、三人の身体に注《そそ》ぎかける。男の左薬指には、自分の指輪をはめる。最後に、時限爆弾をセットし、男の車で、貴船を離れた。十分、離れた時、ドカーンだ。そして、小笠原の考えた通りに、警察は、本件を推理する」

十津川が、話し終わると、亀井の表情が、変わった。

「では、今、小笠原は、何処にいるんですか？」

「関空《かんくう》から、海外に、逃げ出そうとしている筈だ」

「もう間に合わないんじゃありませんか？」

「かも知れないが、小笠原には、偽造パスポートを手に入れなければならない弱味がある。その時間が、必要だ」

「偽造パスポートを、入手できますかね？」

「彼は海外で、テロ活動や、誘拐を働いていたんだよ。偽造パスポートを入手するルートぐらい今でも持っているだろう」

と、十津川は、いった。

彼は、大阪府警に連絡を入れ、協力を要請するとともに、京都府警に、ヘリを用意して貰って、亀井と、関西空港に飛んだ。

まだ、十津川の方に、小笠原より、ツキがあったらしい。

出発ゲートを探し廻った末、一四時二五分出発のクアラルンプール行のＮＨ（全日本空輸）１５１便の乗客の列の中に、小笠原を見つけ出した。

十津川と、亀井は、ひげ面《づら》に、サングラスという恰好の、その男の前に立ちはだかった。

「小笠原欽也だね？」

十津川が、確認するように、声をかける。

相手は返事をせず、顔をそむける。

十津川は、いきなり、手を伸ばして、男のひげを、ばりばりと、引きはぎ、次に、彼が手に持っているパスポートを取りあげた。

「中国人、魯玉容《ルーユーロン》――さんか」

十津川は、笑って、もう一度、相手を見すえた。

「わかったよ」

と、男が、自嘲気味に、ニヤッとして、いった。

「よく間に合ったな」

「ほんの少しだけ、私の方が、君よりツキがあったということだよ」

と、十津川は、いった。

（この作品『十津川警部　十年目の真実』は、平成十一年七月、小社ノン・ノベルから新書判で刊行されたものです）

i-mode、*j-Sky*、*ezWeb*全対応

西村京太郎ホームページ

http://www4.i-younet.ne.jp/~kyotaro/

◎お問い合わせ

jedi@moco.ne.jp

ホームページ管理者　タカ

※電話での受け付け*(090-4063-3996)*は、
廃止させていただきました。

※メールでの受け付け
*(09040633996@docomo.ne.jp)*は、
上記の　*jedi@moco.ne.jp*に
変更させていただきました。

一〇〇字書評

切り取り線

本書の購買動機(新聞名か雑誌名か、あるいは○をつけてください)

＿＿＿新聞の広告を見て	雑誌の広告を見て	書店で見かけて	知人のすすめで

住所	
なまえ	
年齢	
職業	

あなたにお願い

この本をお読みになって、どんな感想をお持ちでしょうか。右の「一〇〇字書評」を私までいただけたらありがたく存じます。今後の企画の参考にさせていただきます。

あなたの「一〇〇字書評」は新聞・雑誌などを通じて紹介させていただくことがあります。そして、その場合は、お礼として、特製図書カードを差しあげます。

右の原稿用紙に書評をお書きのうえ、このページを切りとり、左記へお送りください。電子メールでもけっこうです。

〒101-8701 東京都千代田区神田神保町三—六—五
九段尚学ビル 祥伝社 ☎(三二六五)二〇八〇
祥伝社文庫編集長 加藤 淳
bunko@shodensha.co.jp

祥伝社文庫

上質のエンターテインメントを！　珠玉のエスプリを！

祥伝社文庫は創刊15周年を迎える2000年を機に、ここに新たな宣言をいたします。いつの世にも変わらない価値観、つまり「豊かな心」「深い知恵」「大きな楽しみ」に満ちた作品を厳選し、次代を拓く書下ろし作品を大胆に起用し、読者の皆様の心に響く文庫を目指します。どうぞご意見、ご希望を編集部までお寄せくださるよう、お願いいたします。

2000年1月1日　　祥伝社文庫編集部

十津川警部《とつがわけいぶ》 十年目《じゅうねんめ》の真実《しんじつ》　長編推理小説

平成14年2月20日　初版第1刷発行

著者　西村《にしむら》京太郎《きょうたろう》

発行者　渡辺起知夫

発行所　祥《しょう》伝《でん》社《しゃ》
東京都千代田区神田神保町3-6-5
九段尚学ビル　〒101-8701
☎03（3265）2081（販売）
☎03（3265）2080（編集）

印刷所　堀内印刷

製本所　ナショナル製本

ISBN4-396-33022-7 C0193

祥伝社のホームページ・http://www.shodensha.co.jp/